Nagib Machfus

Der letzte Tag des Präsidenten

Nagib Machfus

Der letzte Tag des Präsidenten

Aus dem Arabischen von
Doris Kilias

Unionsverlag

Die Originalausgabe erschien 1985
unter dem Titel *Yaum qutila az-za'im* in Kairo.

Auf Internet
Aktuelle Informationen
Dokumente, Materialien
www.unionsverlag.ch

Rieterstrasse 18, CH-8027 Zürich
Tel. 0041-1-281 14 00, Fax 0041-1-281 14 40
mail@unionsverlag.ch

Umschlaggestaltung: Heinz Unternährer, Zürich
Umschlagbild: Rafik El Kamel
Druck und Bindung: Ebner Ulm
ISBN 3-293-00288-9

Muchtaschimi Zajid

Noch ein wenig Schlaf, noch ein wenig verweilen, wohlig unter der schweren Decke. Durchs Fenster dringt zartes Licht, das sich dennoch mit Macht das Dunkel des Raums erobert. O Du, mein Gott, Du bist es, der mir befiehlt zu schlafen, Du bist es, der mich erwachen lässt, Du, der Herr, der über alles gebietet. Da – der Ruf zum Gebet, der einen neuen Tag beginnen lässt. Ein Ruf, der in einem Meer allumfassenden Schweigens Deinen Namen preist. O Herr, hilf mir, das warme Bett zu verlassen und hinauszugehen in die grausame Kälte dieses langen Winters. Noch schläft mein kleiner Liebling tief und fest. Lass mich den Weg im Finstern finden, damit ich ihn nicht störe. Wie kalt das Wasser ist, doch in Deiner Gnade finde ich Wärme. Zwiesprache und Entrückung ist das Gebet. Wer Gottes Nähe sucht, dessen Nähe sucht Gott. Ein Tag, an dem ich nicht fühle, Gott wieder ein Stück näher zu sein, bleibt ein Tag ohne Segen.

Genug geträumt, Zeit, die anderen aus dem Bett zu holen. Ich bin der Wecker in dieser geschäftigen Familie. Wie gut, in meinem Alter noch von Nutzen zu sein, und bin ich auch bejahrt, so doch gesund, dank Gottes Huld und Gnade. O ja, nun kann ich das Licht anzünden, an die Tür klopfen und rufen: »Fawwaz!« Und höre ich, wie er sagt: »Guten Morgen, Vater«, gehe ich zurück in mein Zimmer und mache Licht. Viel ist von meinem Schatz nicht zu sehen, denn Bettdecke und Mütze lassen nur Augen, Nase und Mund frei. Wie tief er schläft, aber es hilft nichts. Ich muss ihn aus dem Reich des Friedens in das der Hölle holen. Mit all der Liebe, die ich für ihn und seine Altersgenossen empfinde, flüstere ich: »Alwan ..., wach auf!«

Er öffnet die honigfarbenen Augen, gähnt und sagt lächelnd: »Guten Morgen, Großvater.«

Dann fängt das Trippeln und Trappeln, das Rufen und Schwatzen an – der Strom des Lebens wogt zwischen Badezimmer und Diele auf und ab. Ich setze mich vors Radio und höre den Koran, bis schließlich meine Schwiegertochter Hana ruft: »Frühstück ist fertig!«

Das Einzige, was mir von den Vergnügungen des Lebens noch bleibt, ist das Essen. O Herr, unendlich sind die Wohltaten, die Du gewährst, bewahre mich vor Krankheit und Siechtum. Wer kann sich heutzutage noch um andere kümmern, wer kann sich eine Krankheit leisten? Wehe dem, der ins Stolpern gerät und fällt. Zum Frühstück gibt's nur noch gekochte Bohnen oder Tamija. So oder so, beides ist wichtiger als der ganze Suez-Kanal. Vorbei sind die Tage von Eiern, Käse, Fleisch und Konfitüre, das war eine andere Zeit, »v. W.«

genannt, »vor der Wende«. Die Preise sind verrückt geworden, alles ist verrückt geworden. Wenn Fawwaz noch immer ein bisschen rund ist, liegt es am vielen Brot, das er isst. Hana geht es genauso, nur dass sie obendrein noch frühzeitig altert. Nun, die Fünfzigjährigen sehen heutzutage wie sechzig aus.

»Wir sollen jetzt auch abends im Ministerium arbeiten«, dröhnt Fawwaz mit seiner lauten Stimme. »Also werde ich nicht mehr in die Firma gehen können.«

Unruhe überkommt mich. Fawwaz arbeitet nebenbei noch in einer Privatfirma, in der auch Hana beschäftigt ist, doch ihr Einkommen plus meine Rente und Alwans Gehalt reichen kaum für das Notwendigste. Was soll nur werden, wenn Fawwaz nicht zusätzlich etwas verdient?

»Vielleicht dauert es nur ein paar Tage«, sage ich, um mir ein bisschen Hoffnung zu bewahren.

»Soweit ich kann, mache ich deine Arbeit mit, den Rest bringe ich nach Hause. Ich werde dem Abteilungsleiter erklären, wie deine Lage ist«, erklärt Hana.

Fawwaz sieht sie wütend an. »Du meinst im Ernst, dass ich vom frühen Morgen bis spät in der Nacht arbeiten soll?«

Ich wünsche mir nichts mehr, als wenigstens bei Tisch die Alltagssorgen zu vergessen. Aber wie nur?

»Der Vater von meiner Professorin, Frau Alja Samih, fährt in seiner Freizeit Taxi. Das bringt einen Haufen Geld«, wirft Alwan ein.

»Gehört ihm das Taxi?«

»Glaub schon.«

»Und woher soll ich das Geld für ein Taxi nehmen? Ist der Vater deiner Professorin reich, oder nimmt er Bestechungsgelder?«

»Ich weiß nur, dass er ein geachteter Mann ist.«

»Immerhin verdient er auf ehrliche Art Geld«, sage ich.

Alwan lacht. »Vielleicht mache ich eines Tages auch mal etwas Verrücktes.«

Seine Mutter sieht ihn ernst an. »Was denn?«

»Na, eine Bande gründen und Banken überfallen.«

»Tolle Idee«, knurrt Fawwaz.

Ich wasche die Teller ab, Hana stellt sie in den Schrank, und dann sagen alle »Adieu«, und weg sind sie. Wie immer bin ich ganz allein in der kleinen Wohnung. O Du, mein Herr und Gott, gib ihnen das täglich Brot und bewahre sie vor dem Übel. Herr, beschenke mich mit der Gnade, Dir nahe sein zu dürfen, und lass Dein Wohlgefallen auf mir ruhen. Würde ich jetzt aus dem Haus gehen und alles stehen und liegen lassen, wie es ist, fänden sie abends bei ihrer Heimkehr ein Chaos vor. Ich tue, was ich kann: Ich räume mein Schlafzimmer auf, auch das Wohnzimmer, denn dort sitze ich und höre im Radio den Koran oder Lieder oder sehe im Fernsehen die Nachrichten. Hätte die Wohnung vier Zimmer, könnte Alwan ein eigenes Zimmer haben. Gelobt sei Gott, dass ich Seinen weisen Ratschluss gern auf mich nehme.

Einst, in einem Jahr der Teuerung, wandelte der gottesfürchtige Weise Abu l-Abbas al-Mursi durch Kairo und sah vor einem Bäckerladen eine Menge Leute stehen. Mitleid überkam ihn, und er dachte, wenn er jetzt ein paar Dirhams hätte, würde er den Menschen Brot kaufen. Er griff in die Tasche und fand tatsächlich ein bisschen Geld. Er gab sie dem Bäcker, nahm das Brot und verteilte es unter den Leuten. Gerade als er weggehen wollte, entdeckte der Bäcker, dass er Falschgeld bekommen hatte. Er fing an, »Hilfe!« zu schreien, rannte dem frommen Mann hinterher und bekam ihn gerade noch zu fassen. Da wusste Abu l-Abbas al-Mursi, dass er mit seinem Mitleid gegen Gottes Willen gehandelt hatte. Er bat um Vergebung, bereute aufrichtig sein Tun, und auf einmal entdeckte der Bäcker, dass er sich geirrt hatte und die Münzen doch echt waren. Das war wirklich ein wahrer Heiliger, denn Gott gewährt nur dem seine Gunst, der sich von der Welt abwendet. Da bin ich nun fast achtzig Jahre alt, aber von der Welt kann ich nicht lassen. Es ist doch Gottes Welt, Er hat uns dieses kurzlebige Geschenk bereitet – wie sollte man es da ablehnen? Und wenn ich die Welt liebe, so doch als treuer Diener, warum also missgönnt mir Gott den Glanz der Heiligkeit?

Der Koran und die Worte des Propheten und seiner Gefährten sind mir wichtig, aber genauso stark interessiere ich mich für die Wende und für Bohnen mit Leinöl, Kümmel und Zitrone. Wäre es da nicht an der Zeit,

Gottes allumfassender Gnade teilhaftig zu werden? Sodass ich eines Tags zum Beispiel auf eine Lampe zeige, und siehe da, sie geht an, ohne den Schalter gedrückt zu haben? Von meinen alten Freunden ist mir nur einer geblieben, aber da wir beide Greise sind, haben wir uns schon lange nicht mehr gesehen. Zur Einsamkeit der Seele kommt die der Zeit und des Orts. Seit einem Jahr wollen meine Augen nicht mehr lesen, und ich schlafe wenig. Vor dem Tod habe ich keine Angst. Ich werde ihn mit offenen Armen empfangen, aber erst dann, wenn er wirklich kommt.

Als König Fuad zur Eröffnung der Schule kam, wurde ich beauftragt, ihn im Namen der Lehrerschaft zu begrüßen. Ein ruhmreicher Tag war das. Mein Herz frohlockte, als die Schüler riefen: »Hoch lebe der König, hoch lebe Saad Zaghlul!« Nun ja, die Hochrufe haben sich verändert, und die Lieder auch. Die Preise explodieren. Durch das geschlossene Fenster kann ich den Nil und die Bäume sehen. In der Nil-Straße ist unser Haus das älteste und kleinste, wie ein Zwerg nimmt es sich inmitten der neuen Gebäude aus. Auch der Nil hat sich verändert, wie ich scheint er unter Einsamkeit und Alter zu leiden. Unsere Lage ähnelt sich überhaupt, denn auch er kann seinem Zorn nicht mehr freien Lauf geben. So viele Autos, so viel Reichtum, und dann solch grausame Armut, und so viele geliebte Menschen, die von uns gegangen sind.

Ein Tag mit Wolken und Regen kündigt sich an. Selbst

an solch einem trüben Tag war es immer schön, mit den Freunden einen Ausflug in die Kanatir-Gärten zu machen. Man saß zusammen beim Picknick, mit Brathühnchen, Kartoffeln und Getränken, und das Grammofon spielte die alten Lieder – »Der König meiner Seele« und »Wenn ich verzeihe, vergesse ich den Schmerz«. All diese Menschen sind nun Skelette, und ihre Sorglosigkeit und ihr vor Fröhlichkeit berstendes Gelächter haben sich in die Weiten des Horizonts verflüchtigt. In der Hochzeitsnacht standen sie alle in einer Reihe hinter mir, in jener Nacht, da ich zum ersten Mal den Schleier hob, der Fatimas Gesicht verbarg. Ach, Fatima, fünf Jahre ist es nun schon her, dass ich dein Grab zum letzten Mal besucht habe. Was für ein Gedränge und Geschiebe, wie die Wahnsinnigen hetzen die Menschen, nein, so etwas haben die Bäume, seit sie zu Zeiten des Khediven Ismail gepflanzt wurden, noch nie erlebt. Da rasen Verrückte geradewegs auf einen Unfall zu, nicht ahnend, dass das Schicksal schon auf sie lauert. Aber die Worte des Propheten, Gott segne ihn und schenke ihm Heil, lauten: *O Diener Gottes, sieh dich auf Erden als Fremden und flüchtigen Gast, und zähl dich dein Leben lang zu den Toten.* Wahre Worte des Gesandten Gottes.

Alwan Fawwaz Muchtaschimi

Ein neuer Tag. Ein alter. Neu, alt. Alt, neu. Ich weiß nicht, wo mir der Kopf steht. Gutes Altes gibt's nicht, also her mit dem schlechten Neuen. Etwas ist besser als gar nichts. Selbst der Tod hat den Reiz des Neuen. Zu Fuß gehen ist gesund, und sparsam. An sich müsste das der Weg der Liebe und Schönheit sein, aber nun sieh ihn dir an! Ach, meine armen Füße! Ach, ihr armen Schuhe! Seid geduldig und haltet durch, denn das ist die Zeit geduldigen Leidens. Im Zeitalter von Brandstiftern und Schurken bist du, meine Geliebte, die einzige Erquickung meiner Seele. Die großen Bäume, der Nil – das ist unbestreitbar schön. Also schau hinauf, und sieh dir die weißen Wolken und grünen Baumwipfel an, dann vergisst du die pockennarbige Erde. Irgendwann wirst du einen gutartigen Teufel treffen, mit dem du dich verbrüderst. Ein scharfer Verstand und ein guter Charakter, das ist es, was ich über alles schätze, und wenn dann noch, wie bei meiner Liebsten, schöne schwarze Augen mit geschwungenen Brauen dazukommen, ist es mir noch lieber.

Schon immer, ob als Kind, als Junge, als junger Mann, lebe ich in dem alten Haus, das von Riesen umringt ist. Ein Störenfried im Reich des Geldes, und deshalb wird uns der Besitzer eines schönen Tages noch umbringen. Seltsam, dass die Liebe inmitten von Fäulnis und Verderbtheit überlebt. Schau dir bloß den Bürgersteig an, brüchig und bröcklig, als hätte es einen Luftangriff gegeben. Müll in allen Ecken und Winkeln, als wolle er die Liebenden abschrecken. Guten Morgen, ihr Leute in den Bussen! Da steht ihr eingepfercht wie Vieh und glotzt durch die zersprungenen Scheiben wie Gefangene am Besuchstag. Die Brücke schwankt unter der Last von Menschen; Fußgänger und Radfahrer hasten vorbei, stopfen im Laufen Sandwiches gierig in sich hinein. Großvater sagt immer: »Hat man den tiefsten Punkt erreicht, geht es wieder aufwärts.« Ach, du mein geliebter Großvater, wie lange plappern wir immer wieder das Gleiche nach?

Großvater ist mein bester Freund, denn praktisch bin ich ja Waise. Seit meine Eltern fast rund um die Uhr arbeiten, habe ich sie verloren. Sie hetzen wegen des täglichen Brotes zwischen Regierung und Privatfirma hin und her, und wenn wir uns mal zufällig begegnen, fährt mein Vater mich an: »Bitte, hör auf herumzuphilosophieren. Siehst du nicht, dass wir nicht mal Zeit zum Schlafen haben?«

Hängt bei einer meiner Schwestern der Haussegen schief, werde ich beauftragt, den Streit zu schlichten. Helfen tut einem keiner mehr, jeder ist seines Glückes eigener Schmied und muss sehen, wie er zurechtkommt. Meine Liebste und ich arbeiten in einem Betrieb, der Nahrungsmittel produziert. Er gehört zum staatlichen Sektor. Wir sind in der gleichen Abteilung beschäftigt – Öffentlichkeitsarbeit und Übersetzungen. Über dem

Eingang hängt ein Spruch: »Tretet ein, die ihr ohne Hoffnung seid.«

Sie lächelt mich liebevoll an, trotzdem sage ich ungehalten: »Hättest du nicht auf mich warten können?«

Ihre Augen blitzen fröhlich. »Es gab bestimmte Gründe, im Café Brasil zu frühstücken.«

Dass wir hier beide arbeiten, verdanken wir meinem Großvater, genauer gesagt einem ehemaligen Schüler meines Großvaters, der später zu den »Freien Offizieren« gehörte. Mein Großvater ist eine beeindruckende Persönlichkeit. Selbst Leute, die sonst Verdienste der früheren Generation leugnen, erinnern sich an ihn.

Die meisten Mitarbeiter in unserer Abteilung sind weiblich. Stapelweise liegt Papier herum, aber besondere Konzentration erfordert die Arbeit nicht. Ich tue ein bisschen was, und hin und wieder schaue ich verstohlen zu Randa hinüber. Ich lass mir Zeit, sinniere und träume, und träume und sinniere.

Randas und meine Geschichte reicht weit in die Vergangenheit unseres alten Hauses zurück. Wir haben schon als Kinder zusammen gespielt. Mama behauptet, dass Randa älter ist als ich, aber beweisen kann sie es nicht. Als wir in der Pubertät steckten, gingen wir etwas verschämter und zurückhaltender miteinander um. Fängt man einmal an, sich zu kontrollieren, geht die Unbefangenheit verloren. Aber die Liebe hat gesiegt, und zwar zu der Zeit, als wir zur Oberschule gingen. Auf der Treppe zwischen den zwei Stockwerken bot sich reichlich Gelegenheit für kleine Flirts und versteckte Andeutungen. Eines Tags habe ich ihr dann einen Brief in die Hand gedrückt, in dem ich ihr meine Liebe gestand. Als Antwort schenkte sie mir den Roman »Treu und Glauben der zwei Generationen«. Wir legten im gleichen Jahr das Abitur ab, und wenig später erklärte ich meinem Großvater, dass ich mich mit unserer Nachbarstochter Randa Sulaiman verloben möchte. Großvater sagte, dass zu seiner Zeit ein junger Mann erst dann über Verlobung sprach, wenn er auf eigenen Füßen stand. Aber er versprach mir, mit Papa und Mama über das Thema zu sprechen und mir auch sonst zu helfen. Meine Mutter meinte, dass ihr Sulaiman Mubarak näher stehe als die eigenen Verwandten, und Randa sei wie eine Tochter für sie. »Aber sie ist älter als du!« Worauf mein Vater entgegnete: »Ach was, sie ist so alt wie er, höchstens ein klein bisschen älter, und außerdem ist sie genauso arm.«

Es war ein glücklicher Tag, als unsere Verlobung bekannt gegeben wurde. Damals schien ein Traum wahr zu werden. Aber als wir anfingen zu arbeiten, waren wir plötzlich mit völlig neuen Problemen konfrontiert. Drei Jahre geht das nun schon so, und wir sind bereits sechsundzwanzig Jahre alt. Aus dem Liebenden von einst ist ein erschöpfter, sich ohnmächtig fühlender, mit Sorgen belasteter Mann geworden. Wir plaudern und tuscheln nicht mehr, wir diskutieren nur noch die aktuelle Lage, und zwar so intensiv, dass man uns auch in der Finanzabteilung einstellen könnte. Wohnung, Möbel, Haushaltskosten. Weder weiß Randa eine Lösung noch ich. Das Einzige, was wir besitzen, sind Liebe und Beharrlichkeit. Verlobt haben wir uns zur Nasser-Zeit, aber mit der Wirklichkeit konfrontiert wurden wir in der Zeit der Wende. Wir sind mitten in einen Strudel geraten, der uns immer tiefer in eine verrückte Welt zieht. Es gibt nicht einmal die Möglichkeit, in einem anderen Land zu arbeiten. Für Philosophen und Historiker gibt es keinen Bedarf. Man braucht uns nicht. Aber das trifft uns nicht allein, solche wie uns gibt es massenweise. Wieso sind wir in dieses Loch gefallen? Natürlich schlage ich mich mit Selbstvorwürfen herum, schließlich trage ich die Verantwortung. Randa ist hübsch und gefragt, und wie ein riesiger Damm versperre ich ihr den Weg zum Glück. Ihre Eltern scheinen genauso zu denken, ihre mürrischen Blicke sprechen Bände. Ich kann mir vorstellen, was sie hinter meinem Rücken reden.

Der Traum, dass es Reformen geben wird, lässt mich nicht los. Das muss einfach kommen, entweder von oben oder von unten, entweder auf Beschluss oder durch einen Aufstand. Ich glaube an das Wunder von Wissenschaft und Technik, aber was kann man schon gegen Korruption und Spekulantentum ausrichten? Meine Professorin, Frau Alja Samih, erzählt grässliche Geschichten, und mein Kumpel Machmud al-Machruki hat auch schlimme Sachen gehört. Wo ist der Ausweg?

Seit 1967, seit dem fünften Juni, ist das so, als der Sturz meines Idols begann. Woher kennen manche Leute die magische Formel, mit der man in kürzester Zeit zu Reichtum kommt? Gerät man da nicht zwangsläufig auf die schiefe Bahn? Wieso lege ich Wert auf Anstand und Redlichkeit? Dabei brauche ich gar nicht viel, ich will einfach nur genug Geld haben, um Randa heiraten zu können.

Randa und ich sollen zum Direktor, Herrn Anwar Allam, kommen. Da wir zusammen an der Übersetzung des Betriebsprospekts arbeiten, kommt es öfter vor, dass er uns beide sehen will. Im Umgang mit seinen Angestellten gibt er sich betont leutselig, das schmeichelt seiner Eitelkeit. Er ist groß und schlank und hat ziemlich dunkle Haut. Seine runden Augen schauen einen durchdringend an. Er ist Junggeselle und mit seinen knapp fünfzig Jahren nicht mehr der Jüngste.

»Herein mit dem Brautpaar, willkommen!«

So begrüßt er uns immer. Er nimmt sich die Papiere vor, macht hier und da ein paar gescheite Bemerkungen, und während er uns den Entwurf wieder zurückgibt, fragte er: »Wann darf man denn gratulieren?«

Ich halte sein Interesse am Privatleben seiner Untergebenen für reine Taktik, und deshalb fühle ich mich bei dieser Frage genauso unwohl wie bei seinem stechenden Blick. »Wir haben noch immer keine Lösung für unser Problem gefunden«, antworte ich.

»Es gibt für jedes Problem eine Lösung«, entgegnet er herablassend.

»Aber …«

»Wiederholen Sie bloß nicht die albernen Argumente von Versagern!«

Wut packt mich. »Und wo liegt Ihrer Meinung nach die Lösung?«

Er stößt ein kurzes, hämisches Lachen aus und sagt: »Suchen Sie die Lösung nicht bei anderen.«

Zurück an meinem Schreibtisch, werde ich das Gefühl nicht los, dass er mich in Randas Gegenwart mit Absicht als Versager hinstellt. Der Gedanke lässt mir keine Ruhe, und ich bin froh, als es endlich Feierabend ist. Dick eingepackt in unsere warmen Mäntel machen wir uns auf den Heimweg. »Der Kerl hat mich richtig wütend gemacht«, sage ich.

Randa schlägt den Kragen ihres Mantels hoch. »Mich auch.«

»Er kommt sich Wunder wie geistreich vor, dabei ist er einfach nur ekelhaft.«

»Genau.«

»Glaubst du, dass es vielleicht doch eine Lösung für uns gibt, und wir sind bloß noch nicht draufgekommen?«

Sie zögert einen Moment, dann sagt sie: »Ich setze all meine Hoffnung auf Gott. Wir sollten uns nicht von dem Gefühl beherrschen lassen, dass alles bleibt, wie es ist.«

»Aber das Leben läuft uns davon, Randa.«

»Vielleicht, aber die Liebe bleibt«, sagt sie und lächelt mich an.

Randa Sulaiman Mubarak

Als ich die Treppe hinaufsteige, bleibt Alwan vor seiner Wohnungstür stehen und sieht mir nach, als wolle er sich vergewissern, dass ich heil ankomme. Er war so in Gedanken, dass es beim Abschied gerade nur für einen flüchtigen Kuss gereicht hat. Verflucht soll dieser blöde Kerl von Direktor sein! Provoziert ihn einfach ohne jeden Grund. Wie niedergeschlagen Alwan war, richtig traurig. Ich verstehe das ja, aber andererseits – müsste er mir nicht vertrauen? Sorgen haben wir zur Genüge, mehr brauchen wir nicht davon. Hm, die ganze Wohnung duftet nach Muluchija-Suppe, da kriegt man richtig Appetit. Ob Vater im Sessel eingeschlafen ist?

Ich drücke ihm einen Kuss auf die Stirn, seine Augenlider zucken, und als er mich sieht, lächelt er mich lieb an. Ach, Papa, wie dünn und schwach du geworden bist. Dieses verdammte Rheuma. Alwans Großvater ist zehn Jahre älter und trotzdem zehn Mal kräftiger als mein Vater. Mutter ruft, dass das Essen fertig ist. Ich mag Muluchija-Suppe, aber nach Mamas Meinung esse ich, auch wenn ich Appetit habe, zu wenig. »Wer dünn ist, hat bei Krankheit nichts zuzusetzen«, sagt sie immer, worauf ich prompt entgegne: »Dick sein ist auch schädlich.«

»Solch ein Sturkopf! Sage ich hü, sagt sie hott.«

Mama ist ziemlich korpulent, aber das war sie schon immer. Zum Beten hockt sie sich nicht auf den Boden, sondern setzt sich aufs Sofa. Ihretwegen passe ich auf mein Gewicht auf. Sie hält sich für reich, weil sie fünfundzwanzig Pfund im Monat verdient. Vielleicht hat das damals, in dieser sagenhaften Zeit, von der sie immer erzählt, gestimmt. Aber selbst wenn ich alles zusammenzähle, ihr Geld, Vaters Pension und mein Gehalt, was ist das schon wert?

Vater schiebt sich das Gebiss in den Mund; er gebraucht es nur zum Essen. Er lässt sich Zeit und beklagt sich über die Kälte. Endlich kommt auch Sana. Seit ihrer Scheidung wohnt sie wieder zu Hause, und deshalb habe ich kein eigenes Zimmer mehr. Sie lässt sich in einem Privatinstitut zur Sekretärin ausbilden, weil sie, wie sie sagt, arbeiten und keinem auf der Tasche liegen will.

Als ich mich nach dem Essen auf mein Bett lege, muss ich wieder an diesen kümmerlichen Kuss denken. Ich mag das nicht, es hat etwas von Vernachlässigung an sich. Wenn es noch einmal passiert, werde ich ihm klipp und klar sagen, dass er mich nur noch küssen soll, wenn er es wirklich will und durch nichts anderes abgelenkt ist. Was ist uns denn außer Liebe noch geblieben? Manchmal komme ich mir wie seine Mutter vor, und er ist mein kleiner, verwöhnter, widerspenstiger Junge. Wäre er doch bloß Ingenieur geworden! Dann hätte er in der Zeit der Wende zu den Machern gehört und nicht zu den Opfern. Nicht zu vergessen der fünfte Juni und sein geliebter Held, der nach der Niederlage einfach verschwand! Dem ist er auch zum Opfer gefallen. Er denkt zu viel und weiß nicht, was er will. Wie lange soll das so weitergehen? Warum hält er sich für etwas Besseres als die anderen? Wann wird er endlich mal in den Spiegel sehen und sich selbstkritisch begutachten? Vielleicht wäre es meine Aufgabe, ihm öfter mal die Meinung sagen, aber dafür habe ich zu viel Angst, dass das Einzige, was wir haben, auch noch verloren geht – unsere Liebe. Ich liebe ihn, und Liebe wird nicht vom Verstand diktiert. Ich wünsche mir nichts mehr, als mit ihm zu leben. Aber wie soll das gehen? Und wann wird es sein? Sana hatte auch aus Liebe geheiratet, dafür hat sie sich mit dem Abschluss der Mittleren Reife begnügt. Sie war glücklich und zufrieden, den Sohn eines Großgrundbesitzers abbekommen zu haben und als Hausfrau zu leben. Dann ging die Sache schief, und die Liebe ist gestorben. Natürlich war wie immer der andere schuld, aber Sana gerät viel zu leicht in Rage und explodiert beim geringsten Anlass. Wer hält das schon aus? Deshalb habe ich mir angewöhnt, mich zu beherrschen und nicht wütend zu werden. Ich nehme mich zusammen, wie beim Essen. Wann kommt bloß dieses verdammte Glück? Wie lange kann die Schönheit den Klauen der Zeit widerstehen?

Offenbar war ich eingeschlafen, denn sonst hätte ich nicht träumen können. Es ist schon später Nachmittag. Ich streichle meine Katze, dann spreche ich das Gebet, und zwar Mittags- und Nachmittagsgebet gleich auf einmal. Ich kann es Mama verdanken, dass ich meine religiösen Pflichten einhalte. Bei meinem Vater ist es damit nicht weit her. Aber obwohl Papa sehr viel älter ist als sie und von Religion nichts wissen will, ist sie glücklich mit ihm. Ich kann mich noch gut daran erinnern, was für Vorwürfe ich ihm früher gemacht habe. »Papa, warum fastest du nicht mit uns?«

Er hat gelacht und gesagt: »So weit kommt's, dass die Tochter den Vater erzieht.«

»Aber fürchtest du nicht Gott?«

»Schon, schon, aber meine Gesundheit lässt es nicht zu. Lass dich von meinem Aussehen nicht täuschen.«

»Aber dann kannst du doch wenigstens beten?«

»Hm …, darüber rede ich später mit dir, wenn du groß bist.«

Bei Alwan zu Hause sieht es anders aus, da beten und fasten alle – Großvater, Vater und Mutter. Dass mein Vater ungläubig ist, merkt man ihm jetzt genauso deutlich an wie sein Alter und seine Krankheit. Nicht, dass er über die Religion schlecht redet, aber in seinem Verhalten gibt es genügend Hinweise. Bei Wutanfällen flucht er auf alles, was mit Religion zu tun hat. Falls er hinterher Gott um Vergebung bittet, was er ohnehin nur wegen Mama und mir tut, klingt seine Entschuldigung wie eine dieser leeren Phrasen, die wir uns von den Politikern anhören müssen. Es kann einem übel werden von all diesem nichts sagenden Getöne, nicht einmal Alwans großer Held schreckte davor zurück. Es ist das Jahrhundert der Phrasen, und zwischen ihnen und der Wirklichkeit klafft ein Abgrund, in den wir wie verlorene Schafe stürzen. Und mein Liebster? Ist er fromm? Oder eher nicht? Hat er einen Standpunkt, oder hat er nicht? Alles Quatsch, er ist mein Schatz, und damit basta. Gott wird's schon richten. Alwan ist ständig auf der Suche. Er wird erst zur Ruhe kommen, wenn unser Problem gelöst ist. Er will mit dem Kopf durch die Wand rennen und mit den Händen die Luft einfangen.

Da sitzen wir nun alle in schönster Eintracht im Wohnzimmer – mein alter, kranker, ungläubiger Vater, meine dicke, stets um andere besorgte Mama, meine unglückliche Schwester Sana, die unter dem Gefühl der Fremdheit leidet, und schließlich ich, mit meinem immer gleichen, chronischen Problem. Was meine Eltern tun konnten, haben sie getan, aber mit der jetzigen Situation hat keiner gerechnet. Ich sehe ihnen an, dass das stumme Verhör begonnen hat. Aber ist es nicht wirklich der reinste Hohn? Acht Jahre Verlobung, und nun? Zeigt sich denn nicht der kleinste Funken Hoffnung?

»Sie wird warten und warten, und plötzlich ist sie Witwe und noch immer verlobt«, sagt Sana mit ihrer schrillen Stimme.

»Das geht dich einen Dreck an«, fahre ich sie wütend an.

»Du musst am Ball bleiben, sonst wird Alwan nachlässig«, mahnt Mama.

»Wir zermartern uns ständig den Kopf, denken an nichts anderes, was soll ich ihm da noch zusetzen?« Etwas schärfer im Ton füge ich hinzu: »Ich bin volljährig und habe mich aus freien Stücken entschieden, also gibt es für mich auch nichts zu bereuen.«

»Randa ist für sich selbst verantwortlich«, wirft mein Vater ungehalten ein.

»Dabei hat es so günstige Möglichkeiten gegeben, die haben wir alle verspielt«, seufzt Mama.

Mir reicht es. »Ich bin keine Sklavin, die auf dem Markt gehandelt wird!«

»Ich bin deine Mutter, wie kannst du mir so etwas unterstellen?! Ich habe auf die alte Art geheiratet und bin, Gott sei Dank, damit gut gefahren.«

»Aber, Mama. Jede Generation geht ihre eigenen Wege, und meine Generation hat leider das meiste Pech.«

Mein Vater lächelt. »Es gab schon Zeiten, da haben die Menschen erst Hunde, Katzen, Esel, Kinder und schließlich sich gegenseitig aufgefressen.«

»Da können wir uns ja glücklich schätzen, wenigstens nicht im Zeitalter der Kannibalen zu leben«, erwidere ich bitter.

»Pst, Ruhe! Die Fernsehserie hat angefangen«, erklärt mein Vater, und damit ist die Diskussion beendet.

Ich mag die Leitmelodie des Vorspanns, sie trägt mich wie auf Flügeln in eine andere Welt. Ich rufe nach meinem Liebsten, und siehe da, er schwebt aus unbekannten Gefilden heran und lässt sich neben mir nieder. Plötzlich bin ich nur noch ein verträumtes Wesen, das für die Ehe lebt. Eine Träne rollt mir über die Wange, ich wische sie schnell weg, damit sie mich nicht verrät. Kann es ein Leben ohne ihn geben?

»Mein Gott, den Helden im Fernsehen geht's wirklich gut. Die finden im Handumdrehen für alles eine Lösung«, seufzt Mama.

Muchtaschimi Zajid

Bin ich allein, fängt das Warten an. Ich wickle mich fest in den Morgenrock ein und rücke das Käppchen auf dem kahlen Schädel zurecht. Ich streiche über die Schnurrbartenden und warte. *Gott erlegt dem Menschen nur die Bürde auf, die er zu tragen vermag.*

Es läutet. Ich gehe zur Tür, öffne sie, und herein kommt Umm Ali. Sie trägt einen grauen Mantel, und das pausbäckige, helle Gesicht ist von einem weißen Tuch eingerahmt. »Wie geht's, verehrter Herr?«

»Gott sei Dank gut, Umm Ali.«

»Dieser Winter kennt wirklich kein Erbarmen.«

Jemand wie sie, für den Zeit Geld ist, hält sich nicht lange mit Reden auf. Sie zieht den Mantel aus, hängt ihn an die Garderobe und fängt schnurstracks mit der Arbeit an. Zuerst geht sie in das Zimmer von Fawwaz und Hana. Wie angeordnet, lasse ich sie nicht aus den Augen. Ich setze mich hin und sehe zu, wie sie das Staubtuch schwingt, fegt, wischt, bohnert und die Sachen wieder an ihren Platz stellt. Trotz ihrer Fülle bewegt sie sich leichtfüßig. Die Kinder haben Angst, dass sie etwas mitgehen lässt. Eine völlig grundlose Verdächtigung, wie sie anno dazumal üblich war. Umm Ali bekommt pro Stunde ein Pfund, und da sie wie eine Biene von Wohnung zu Wohnung fliegt, verdient sie mehr als wir alle zusammen. Ich freue mich, wenn sie kommt. Einmal in der Woche erklingt die Weise verflossener Träume, wird das tägliche Einerlei durcheinander gebracht. Das alte Ich zeigt sich plötzlich dem neuen Ich, aber so sehr die beiden sich nach geheimer Zwiesprache sehnen, lässt die Zeit sie unterschiedliche Sprachen sprechen. Nein, sie verstehen sich nicht, aber das Herz erinnert sich und schlägt für dreißig Sekunden ein bisschen schneller. Wenn Umm Ali sich hinunterbeugt, um den Kelim ordentlich hinzulegen, stelle ich mir vor, wie ich sie zärtlich zwicke. Nur eine Fantasie, ich tu es nicht, denn ich habe mich völlig in der Gewalt; was mich betrifft, kann sie sich meiner ganz sicher sein. Fast kommt sie mir wie ein Mann vor, weil sie so viel Energie, Kraft und Zähigkeit besitzt.

O Du mein Herr und Gott, vergib uns, sollten wir vergessen oder irren.

Aus lauter Vergnügen, dass ich mit ihr allein bin, frage ich: »Wie geht's dem werten Gatten?«

»Gott meint's gut mit ihm.«

»Und die Kinder?«

»Sind alle in ein anderes Land gegangen, nur der Schwachkopf ist mir noch geblieben.« Sie lacht. »Was gibt's denn bei Ihnen Neues? Hat sich der Hauseigentümer gemeldet?«

»Er hat die Nase voll und rührt sich nicht mehr.«

»Wer hätte je gedacht, dass ein ganzes Land plötzlich verrückt spielt.«

»Im Wahnsinn ist alles begründet.«

Ach, Umm Ali, du kannst gar nicht ahnen, wie ich mich freue. Verzeihung, Herr, nimm's mir nicht krumm. Es ist wie damals, in alten Zeiten, als wir unter den Bäumen in der Chairat-Straße flanierten. Wie ein Baldachin wölbten sich die Kronen über die Straße. Der Zauber liberaler Gedanken, die uns aus dem Ausland erreichten, die beiden Krankenschwestern, Fikrija und Ratiba, die bettelnden Zigeuner. O ja, auch das Leben kennt

Jahreszeiten, und jede hat ihren eigenen Reiz. Selig der, der die Welt liebt, denn sie ist Gottes Welt.

Unlängst, als ich Sulaiman Mubarak, Randas Vater, besuchte, sagte er: »Mein lieber Muchtaschimi, das Einzige, worum ich dich beneide, ist deine Gesundheit.«

»Das ist nicht nur Vererbung, das macht auch der Glaube«, erwiderte ich.

Ein giftiger Blick, dann fragte er: »Ich soll glauben, dass einer wie du diesen albernen Unfug ernst nimmt?«

»Gott geleitet den, den Er geleiten will.«

»Dann warst du also nie Atheist, auch nicht früher?«

Schmunzelnd erklärte ich: »Zuerst gab es kindlichen Glauben, dann folgten Zweifel, Abkehr, Rationalismus, Skeptizismus, und dann – kam der wahre Glauben.«

»Das Büfett ist eröffnet«, spottete er.

»Nein, das ganze, große Leben.«

»Ich bin stolz auf meine Beständigkeit. Ich brauche keinen Glauben, mir reicht das Nichts, dafür bete ich die Wahrheit an. Ich habe meiner Frau gesagt, dass ich, wenn meine Frist abgelaufen ist, weder eine Traueranzeige noch eine Feier haben will, und die Trauerzeit braucht sie auch nicht einzuhalten.«

»Ein Licht bricht herein und vertreibt alle Finsternis.«

»Unsinn, man wird einfach älter, und plötzlich ist der Tod da.«

Es bringt nichts, mit ihm zu reden. *Sprich: Die Wahrheit kam, die Lüge ward vernichtet, so die Lüge vernichtenswert war.* Mein Freund lebt in einer leeren Welt, während meine Welt voller geliebter Wesen ist. Gott behüte mich vor solchem Übel. Was soll der arme Alwan bloß machen? Mittellos, in einem Zirkus von Lumpen. Vielleicht sollte ich ihm von früher erzählen, als die Zeit diesen Clown gebar, der bei jedem Niesen zehn hohle Sprüche von sich gab.

Umm Ali hat ihre Arbeit getan. Sie wäscht sich Hände und Gesicht, zieht ihren grauen Mantel an und schaut auf die Uhr, um zu wissen, wie viel Geld ihr zusteht. Ich drücke ihr das Geld in die Hand, und mit den Worten: »Alles Gute, bleiben Sie gesund«, bricht sie auf.

»Auf Wiedersehen, Umm Ali, und vergessen Sie nicht, nächste Woche zu kommen«, sage ich.

Stille und Einsamkeit sind zurückgekehrt. Ich laufe in der Wohnung herum, denn auf die Straße zu gehen, fällt mir schwer. Der Koran und die Lieder. Segen über euch, die ihr Radio und Fernseher erfunden habt! Bamja und Makkaroni gibt's als Mittagessen. Gott hat mir nicht nur die Freude an seinem Dienst geschenkt, sondern auch die Lust am Essen.

Was ist das schon für eine Einsamkeit, wenn sich um mich herum Millionen Menschen drängeln? Ich liebe das Leben, und sollte der Tod sich einst zeigen, heiß ich auch ihn willkommen. Was ist schon das Leben? Ein Reisender ist man, der an einem Sommertag für ein Stündchen im Schatten ruht und dann den gastlichen Ort wieder verlassen muss. Von den alten Zeiten zu erzählen, ist ein gutes Mittel, um Alwan ein wenig abzulenken. Ich versuche auch, ihm das Lesen schmackhaft zu machen, aber es hat nicht viel genützt. Viele meiner ehemaligen Schüler sind Minister geworden. Wenn er mir zuhört, kriegt er vor Staunen fast den Mund nicht mehr zu. Als könne er nicht glauben, was ich erzähle. Wie sonst könnte ich versuchen, sein Vertrauen in Vaterland und Demokratie zu stärken? Wozu soll es gut sein, einem besiegten, toten Helden nachzutrauern? Ich kenne seine Antwort, sie lautet jedes Mal gleich: ›Weil die Welt sonst leer wäre, Großvater.‹

›Ach was‹, sag ich dann immer, ›habe ich nicht deinen Blick für die schönen Seiten des Lebens geschärft?‹

Da lacht er dann und meint, dass er im Augenblick eigentlich nur an einer Wohnung und einem ordentlichen Brautgeld interessiert sei.

Wie soll ich das Leid der Welt vergessen, wenn ich ständig sehe, wie mein geliebter Enkel leidet? Was gibt es Herrlicheres, als die Wunder der Heiligen? Aber wo bleiben sie?

Alwan Fawwaz Muchtaschimi

Die Zeit hat mich gelehrt nachzudenken. Mehr noch, sie hat mich gelehrt, nichts sonderlich wichtig zu nehmen und an allem zu zweifeln. Kaum wird in der Zeitung ein Projekt vorgestellt, das einen hoffen lässt, da schauen sich ein paar kluge Leute das näher an, und wieder einmal stellt sich die Sache als übler Trick heraus. Ist das Schiff am Untergehen? Schlicht und einfach gesagt werden wir von einer richtigen Mafia beherrscht.

Ach, wo ist die gute, alte Zeit hin? Es gab wirklich schöne Tage, auch für mich. Damals, als meine Schwestern noch bei uns wohnten und die Wohnung voll Leben und Wärme war. Es gab keine unüberwindbaren Schwierigkeiten, und mein Vater und meine Mutter verbrachten viel Zeit zu Hause. Wir haben miteinander diskutiert, wir haben gelacht, das Studium machte Spaß, und es gab einen Mann, den man als Helden verehrte. Wir waren das Volk, und das Herz des Volkes hat ihn geliebt. Diese Liebe war ein Strauß herrlichster Rosen, den die schönsten Hoffnungen umhüllten und schützten. Wir verloren unseren ersten Präsidenten, wir verloren unsere größte Sängerin. Da kam dann ein neuer Präsident, der Antiheld, der uns aus der Niederlage herausführen wollte und uns damit den Sieg verdarb. Pro Sieg zwei Niederlagen. Ja, dich, unseren ersten Präsidenten, dich hatten wir noch mit dem Herzen erwählt.

Ein anderer schöner Tag hat sich tief ins Gedächtnis gegraben. Meine Liebste und ich gingen angeln, gleich vor unserem Haus. Sie zieht die Rute mit Schwung aus dem Wasser, der Haken ist leer. Aber er erwischt meinen

Daumen, und so kommt's, dass die Narbe noch heute zu sehen ist. Fische fangen, nein, das könne sie nicht, sagte ich, aber dafür habe sie mein Herz gefangen und mein Blut vergossen. Aus Freundschaft wurde Liebe, aber nicht plötzlich, sondern langsam und sacht, so wie die ersten Triebe eines Baums im Frühling, die man nur entdeckt, wenn man genau hinschaut. Frauliche Formen, gerötete Wangen und ein neues, schickes Kleid – auch das eine Sprache, die mehr sagt, als man gemeinhin denkt.

Die Heiterkeit der Unschuld schwand, die Zeit des Bettelns und Flehens begann – nur ein Kuss, auf die Wange ... oder den Mund? Die köstlichsten Früchte des Baums sind Moral, Verstand, Schönheit. Manchmal ärgert es mich, dass sie klüger als ich zu sein scheint. Nie werde ich den traurigen Blick vergessen, als ich ihr erklärte, dass meine Leistungen nicht reichten, um an der Naturwissenschaftlichen Fakultät zu studieren. O nein, es gab keine heftige Diskussion, aber Vorwurf und Rechtfertigung lauerten in irgendeinem Winkel unserer Seelen.

Unsere beiden Familien sind in den Abgrund der Wende gefallen; die Sorge um das tägliche Leben lastet schwer auf uns. Einmal, wir saßen im »Rasthaus« bei den Pyramiden, schlug ich aus Spaß vor, mal unsere Feinde aufzuzählen. Randa überlegte nicht lange. »Das Wende-Monster und die sich gegenseitig überbietenden Lumpen.«

»Würde eine Million Leichen reichen?«

Randa lachte. »Wieso? Man braucht doch nur einen umzubringen.«

Da musste auch ich laut lachen. »Von heute an bist du Randa, die Terroristin.«

Anwar Allam will mich sprechen. Ich soll um fünf bei ihm zu Hause erscheinen, um mit ihm die Jahresendabrechnung, die am nächsten Tag fällig ist, zu überprüfen. Ich informiere Randa, aber sie sagt kein Wort dazu.

Der Direktor wohnt in einem ziemlich neuen Haus in Dukki, und zwar gleich vorn bei der Sechster-Oktober-Brücke. Er begrüßt mich mit freundlichem Lächeln, und ich finde es merkwürdig, dass er sogar zu Hause einen Anzug trägt.

»Wundern Sie sich nicht, dass es hier so prächtig aussieht. Ich wohne mit meiner Schwester zusammen, sie hat von ihrem verstorbenen Mann viel Geld geerbt.«

Offenbar hat er das Gefühl, sich rechtfertigen zu müssen. Jeder hat heutzutage damit zu tun, sich irgendwelcher Verdächtigungen zu erwehren. Bis acht Uhr abends sind wir mit der Abrechnung beschäftigt. Zwischendurch bringt seine Schwester Tee. Erst stellt er mich vor, dann sagt er: »Meine Schwester Gulstan.«

Auf den ersten Blick schätze ich, dass sie zwischen vierzig und fünfzig Jahre alt sein muss. Annehmbares Äußeres, ein bisschen füllig, aber gut proportioniert.

Alles in allem eine reizvolle Erscheinung, trotz ihrer Selbstsicherheit und Distanziertheit – oder gerade deshalb?

Sie setzt sich nicht zu uns, sagt jedoch beim Hinausgehen: »Bitte den Herrn doch, mit uns zu Abend zu essen.«

»Aber sicher, das ist ein Befehl!«

Der Tisch ist gedeckt, es gibt Braten, verschiedene Salate, Käse, Oliven, Äpfel und Muhallabija.

»Ich bin ihr Bevollmächtigter«, sagt Anwar Allam. »Sie hat zwei Häuser und diverse Geldanlagen geerbt.«

Ich finde es seltsam, dass er mich über ihre Besitzverhältnisse informiert. Zwangsläufig stelle ich die unterschiedlichsten Vermutungen an, was das Motiv sein könnte. Aber da fängt er schon an, höchst mitleidig von unserer Verlobung zu erzählen.

»O ja«, seufzt die Schwester, »so geht es einer ganzen Generation.«

»Bloß, dass Alwan seine Situation noch zusätzlich erschwert, indem er auf den Prinzipien von Ehre und Anstand beharrt.«

»Tatsächlich? Schön, so etwas zu hören. Moral ist das Allerwichtigste.«

Ihr Tonfall lässt keinen Zweifel daran aufkommen, dass sie es ehrlich meint. Eine aufregende Frau, sehr sogar. Ich muss aufpassen, denn wenn ich mich zu sehr errege, bin ich das reinste Pulverfass.

»Meine Schwester ist in den meisten Dingen absolut

perfekt, nur in einer Sache bin ich mit ihr nicht einverstanden. Sie hat schon mehrmals die Möglichkeit gehabt, eine neue, günstige Ehe einzugehen, aber sie hat alle Angebote ausgeschlagen.«

»Erstens bin ich keine Ware, und zweitens waren das keine Männer«, erwidert sie völlig gelassen.

»Solange ein Mann seiner Frau bietet, was ihr zusteht, ist es doch keine Schande, wenn er sich über ihr Vermögen freut. Ganz abgesehen von den anderen Vorzügen einer Ehe.«

»In einer Zeit wie dieser kann man keinem Mann trauen, mein lieber Bruder.«

Ich finde, dass es höchste Zeit ist, das Thema zu ändern. Also wende ich mich meinem Chef zu und frage: »Entschuldigung, warum sind Sie eigentlich nicht verheiratet?«

»Da gibt's verschiedene Gründe«, antwortet er vage.

»Ach was, er hätte durchaus heiraten können«, widerspricht die Schwester.

Er fängt an, mich über meine und Randas Familie auszufragen. Ich gebe knappe und ehrliche Antworten, bis ich ihn plötzlich sagen höre: »Randa ist wirklich ein wunderbares Mädchen, nur leider tut die Zeit das ihrige ...«

Das sitzt, ein tiefer Stich, mitten ins Herz. Absicht oder Gedankenlosigkeit? Jedenfalls ist der Abend verdorben, und daran ändert auch nichts, dass Frau Gulstan sagt: »So wie man liebt, so alt ist man.«

Als ich mich auf den Weg mache, bestürmen mich zwei Gefühle: Wut und Erregung.

Randa Sulaiman Mubarak

Die übersetzten Briefe sind abgezeichnet, ich kann also gehen. Aber genau in diesem Moment lehnt sich der Chef in seinem Drehstuhl zurück und sagt: »Warten Sie, es gibt etwas, das Sie interessieren wird.«

Hä? Was soll das?

»Ich kenne eine junge Ärztin, die jahrelang mit einem Kollegen verlobt war. Die Hochzeit wurde immer weiter hinausgeschoben, und schließlich löste sie die Verlobung auf. Sie heiratete einen reichen Kaufmann aus Wikalat al-Balah und fügte sich seinem Wunsch, die Hausfrau zu spielen.«

Ich bin überrascht, und gleichzeitig ärgere ich mich. Trotzdem bleibe ich ruhig. »Und warum meinen Sie, dass mich das interessieren könnte?«

Ohne meine Frage zur Kenntnis zu nehmen, will er wissen, was ich von dieser Ärztin halte. »Ich maße mir kein Urteil über fremde Menschen an«, erwidere ich barsch.

»Nun ja, ich halte diese Frau für klug. Hausfrau zu

sein, ist immer noch besser, als das Leben als alte Jungfer zu fristen.«

Als ich hinausgehe, sieht er mir meine Verärgerung bestimmt an, ich hingegen kann seinen lüsternen Blick nicht übersehen. Er ist wirklich eine Plage, und zwar für uns beide, für Alwan und für mich.

Es ist Freitag, wir sitzen wieder einmal im »Rasthaus« bei den Pyramiden. Es ist schrecklich kalt, aber wenigstens strahlt die Sonne. Wir schauen auf die Stadt, die uns zu Füßen liegt. Sie ist riesig, Straßen über Straßen, so weit das Auge reicht. Es drängt kein Lärm, kein einziger Laut herauf. Die Stadt macht einen friedlichen Eindruck, man könnte meinen, es gebe dort unten weder Sorgen noch Plagen.

Als wir unseren Tee trinken, frage ich, wie sein Besuch beim Herrn Direktor gewesen sei. Er fängt an, bis in die kleinsten Einzelheiten alles zu erzählen. Auf jeden Fall erreicht er, mir diesen wunderbaren Morgen gründlich zu verderben.

»Mit Arbeit hatte der Abend offenbar wenig zu tun«, fahre ich ihn an.

»Wieso? Wir haben drei Stunden intensiv gearbeitet.«

»Du weißt genau, was ich meine!«, fauche ich.

»Und du, du weißt genau, wie er einem auf die Nerven gehen kann.«

»Und seine Schwester?«

»Ein kluge, sehr beherrschte Frau, die einem wie eine Mutter Respekt abverlangt.«

Ich kann es mir nicht verkneifen, spöttisch zu lachen. »Und? Hat sie dich wie einen Sohn behandelt?«

Er sieht mich empört an. »Was soll das, Randa? Ist das ein Verhör?«

»Gott bewahre!«

Um ihn abzulenken, erzähle ich ihm von dem Gespräch mit Anwar Allam. Er springt wütend auf und schreit: »Damit muss Schluss sein! Ich werde ihm sagen, dass er sich nicht in Sachen einzumischen hat, die ihn nichts angehen.«

»Tu es nicht«, bitte ich. »Wir sollten die Angelegenheit besser vergessen, sonst hast du einen schlechten Stand bei ihm.«

Er zuckt verärgert mit den Schultern. »Das Problem ist, dass meine Position, was dich betrifft, ausgesprochen ungünstig ist. Ich weiß nicht, wie ich auftreten soll ...«

»Ist schon gut«, beruhige ich ihn. »Ich beschuldige dich nicht, und ich will auch nicht, dass du mich verteidigst.«

»Aber ich trage die Verantwortung, und ich leide unter dieser Situation.«

»Sicher, aber wir können nichts tun.«

»Der Kerl ist ein Schurke, bestimmt hat er irgendetwas vor.«

»Geh drüber hinweg, nimm seine Gemeinheiten einfach nicht zur Kenntnis.«

Für eine Weile schweigen wir und flüchten uns in den Anblick der Natur.

Schließlich sagt Alwan deprimiert: »Es ist, als hätten wir verlernt, über die Liebe zu sprechen.«

Um mir nicht anmerken zu lassen, dass ich auch traurig bin, flüstere ich leise: »Wir reden doch dauernd darüber.«

Er sieht mich zärtlich an. »Ich liebe dich.«

»Ich liebe dich auch«, sage ich, und vor Rührung habe ich einen Kloß im Hals.

Alwan schmunzelt. »Was für ein Wunder müsste denn geschehen, damit wir zu Geld kommen?«

»Vielleicht hast du Talent und bist der geborene junge Liebhaber im Kino?«

»Und was ist mit dir? Hast du schon mal deine Stimme ausprobiert? Wenigstens im Bad?«

Wir müssen beide lachen.

»Selbst wenn wir mehr Gehalt kriegen würden, hätten wir immer noch Probleme«, sagt Alwan, nun wieder ernst. »Die Kaution für die Wohnung, die Möbel ...« Er schweigt kurz. »Mein Kumpel al-Machruki hat einfach geheiratet, und basta. Aber der lebt ja auch mit seinen Sektierern in einem Camp.«

Ich stelle mir das Camp vor und wie Alwans Schulfreund dort lebt. Es kommt mir unwirklich vor, dabei gibt es das tatsächlich. Ein einfaches Zelt, in dem die Liebe zu Hause ist. Mein Herz quillt über vor Sehnsucht, und Alwan geht es offenbar nicht anders, denn ich höre ihn leise sagen: »Du bist das Allerwichtigste in meinem Leben.«

Schon als Kind habe ich mich bemüht, möglichst ausgeglichen und beherrscht zu sein. Im Streit mit meinen Launen und Wünschen hat mein Wille immer gesiegt. Daran konnten auch die Erfahrungen nichts ändern, die ich im Lauf der Zeit machte. Für mich ist der Begriff Freiheit noch immer mit Würde und Ehre verbunden, daran ändern auch nichts die spöttischen Kommentare von anderen. Ich würde mich der modernen Zeit verschließen und rückschrittlich sein. Na und? Ich bin Kummer gewöhnt.

Muchtaschimi Zajid

Letzte Nacht sah ich im Traum meinen Meister Abu Dzarr. Der Dienst an Gott verleiht mir die Gabe, mit Traumbildern auf vertrautem, aber immer respektvollem Fuß zu stehen. Doch da ich die wirkliche Welt liebe, halte ich mich daran, die Grenzen von Wahrnehmung und Erkennen nicht zu überschreiten. Bei der Gelegenheit fällt mir eine Geschichte ein, die Mohammed Ibn al-Attar folgendermaßen überliefert hat: »Scheich Mohammed Rahin fragte mich eines Tages: ›Wie ist dein Herz beschaffen?‹ Da antwortete ich: ›Ich weiß nicht, wie mein Herz ist.‹ Ich sprach davon zu unserem

Meister Schah Nakschaband, und ehe ich michs versah, trat er mir mit aller Macht auf den Fuß, und ich falle ohnmächtig nieder. Auf einmal sah ich die ganze Schöpfung, die sich in meinem Herzen verbarg. Als ich wieder zu mir kam, sprach der Meister: ›Wenn so das Herz beschaffen ist, wie soll man es dann begreifen?‹ Deshalb heißt es in der heiligen Überlieferung: *Nicht Erde und Himmel beherbergen mich, sondern das Herz meines gläubigen Dieners.*«

Wann immer ich mich an diese Geschichte erinnere, verspüre ich Neid auf die Heiligen und sehne mich danach, Wunder zu tun. Aber ich stehe nur am Rand des großen, weiten Sufi-Meeres und halte, zufrieden mit Gottes Welt, am Dienen fest. Mein nachdenkliches, ruhiges Schauen ist gespeist vom Licht des großen Schenkers. Nein, keine einzige Phase meines Lebens möchte ich missen, denn jede hat ihr eigenes Licht gehabt. Sei tätig für die Welt, als lebtest du ewig, und bereite dich aufs Jenseits vor, als stürbest du morgen.

Es läutet. Wer sollte jetzt, am Vormittag, kommen? Umm Ali kann es nicht sein, das ist nicht ihr Tag. Ich öffne die Tür – Frau Zainab, Randas Mutter, steht da. Ich heiße sie herzlich willkommen und bitte sie herein. Dass sie trotz der miserablen Lage so dick ist, wundert mich. Als Erstes schalte ich im Wohnzimmer das Radio aus, dann setze ich mich zu ihr.

»Ich habe niemanden außer Ihnen, Muchtaschimi Bey, mit dem ich reden könnte.«

Ich überlege fieberhaft, was sie von mir wollen könnte. »Gott steht uns allen bei.«

»Eigentlich müsste ich ja mit Herrn Fawwaz und Frau Hana sprechen, aber da sie ständig arbeiten, bietet sich keine Gelegenheit. Und ein Gespräch mit Alwan bringt nichts. Deshalb wende ich mich an Sie, weil Sie so ein gütiger und kluger Mann sind.«

Nun ist mir alles klar, es geht um Alwan und Randa. »Bitte, sprechen Sie, ich bin ganz Ohr.«

»Sie kennen sich doch im Leben aus, bestimmt können Sie mir helfen, Muchtaschimi Bey. Das Mädchen geht ja vor meinen Augen zugrunde.«

»Gott bewahre!«

»Ihre Familie ist uns die liebste von allen, aber wie lange sollen wir noch warten?«

Oh, da droht Gefahr für meinen geliebten Enkel. »Frau Zainab, meinen Sie nicht, dass Randa vernünftig und klug genug ist, um zu wissen, was ihr nützt und was ihr schadet?«

»Liebe macht blind, Muchtaschimi Bey, aber heutzutage vergöttert man ja die Liebe. Haben Sie etwa aus Liebe geheiratet? Oder Herr Fawwaz?«

»Aber die beiden halten an ihrer Liebe fest ...«

»Und wir sehen zu, bis alle beide ihr Leben ruiniert haben?«

Um zu zeigen, wie ratlos ich bin, stoße ich einen lauten Seufzer aus.

»Versuchen wir, das Menschenmögliche zu tun, um

die beiden zu retten, alles Weitere liegt in Gottes Hand. Vielleicht findet jeder einen anderen Partner, der gut zu ihm passt.«

Wenn sie redet, wackelt und bebt ihr Doppelkinn. »Ist das auch die Meinung von Sulaiman Bey?«

»Er ist Randas Vater, wie ich ihre Mutter bin. Natürlich sind wir traurig, denn Alwan ist ein guter Junge und verdient alles Glück der Welt.«

»Und bekommt all das Unglück der Welt«, murmle ich halblaut.

Frau Zainab schickt sich an zu gehen. An der Tür dreht sie sich noch mal um und sagt: »Ich verlass mich auf Gott und auf Sie!«

Was für ein grässlicher Vormittag! Ausgerechnet ich soll dem, der mir der Liebste ist, die schlechte Botschaft überbringen. Ich verkrieche mich im Sessel und hänge meinen trüben Gedanken nach. Beim Mittagessen verliere ich kein Wort über den Besuch. Ich warte ab, bis wir beide allein im Wohnzimmer sitzen. Er sagt kein Wort, offenbar hat er meine Nervosität nicht bemerkt. Also muss ich anfangen zu reden. »Nimmst du es mir nicht übel, wenn ich dir etwas Unerfreuliches berichten muss?«

Er schaut mich besorgt an und meint sarkastisch: »Was sollte es auch sonst geben?«

»Aber diesmal geht es um Randa, Alwan.«

Sein Gesicht hellt sich auf und bekommt einen verklärten Ausdruck. Ich erzähle ihm in allen Einzelheiten von dem Besuch. Er sitzt wie versteinert da. Die Ellbogen stützt er auf den alten Tisch, und die geballten Fäuste hält er vor den Mund. Als ich am Ende bin, stöhnt er: »Als ob ich ein Verbrecher bin, Großvater.«

»Lass uns in Ruhe und mit all unserem Mut nachdenken.«

»Was meinst du? Was hast du für einen Eindruck?«

Mir wird immer beklommener zumute. »Man muss versuchen, die Eltern zu verstehen.«

»Aber Randa ist kein kleines Kind!«

»Natürlich nicht, aber die Warterei nimmt kein Ende.«

»Dafür kann ich doch nichts.«

»Niemand macht dir einen Vorwurf.«

»Wer hat das letzte Wort – sie oder die Eltern?«

»Im Augenblick – du.«

»Ich?«

»Die Zeit läuft einem davon, und du bist doch ein vernünftiger junger Mann. Du kannst sie retten und dich auch. Es ist ja nicht so, dass du einfach nur Pech hast, es ist die unglückselige Verkettung der verschiedensten Umstände – fünfter Juni 1967, die Wende, die Rolle Russlands, die Politik der Vereinigten Staaten, das Reich der korrupten Wendehälse.«

»Und wenn ich nicht bereit bin, die Verlobung zu lösen?«

Ich seufze schwer. »Tu, was du für richtig hältst.«

Er nickt und sagt: »Genau, das kann ich dir versprechen.«

Am Abend erfahren Hana und Fawwaz alles. Hana regt sich fürchterlich auf, sagt, dass sie immer schon gegen diese Verlobung gewesen sei und nur gezwungenermaßen zugestimmt habe. Fawwaz meint, er habe seinem Sohn schon vor etlicher Zeit gesagt, dass das kein gutes Ende nehmen werde. »Diese Verlobung legt den beiden nur Steine in den Weg.«

»Rede du noch mal mit ihm, Vater, versuche ihn zu überzeugen. Du bist der Einzige, der das schaffen kann, denn wenn wir etwas sagen, ist er auf jeden Fall dagegen. Hätte er gleich auf mich gehört, wäre uns dieses schimpfliche Ende erspart geblieben.«

Mir geht ein Vers aus dem Heiligen Buch durch den Kopf: *Die Toren unter dem Volk werden sprechen: Was wendet Er sie ab, von ihrer Kibla, die sie früher hatten? Sprich: Gott ist der Osten und der Westen. Er leitet, wen Er will, auf den rechten Weg.*

Alwan Fawwaz Muchtaschimi

Der Winter ist endlich vergangen, hell und klar wie selten bricht sich das Licht seine Bahn. Ich allein bin an dem ganzen Unglück schuld. Warum habe ich nicht einen anderen Ort als ausgerechnet das »Rasthaus« vorgeschlagen? Mit diesem Platz, am Fuße der Pyramiden gelegen, sind für uns die schönsten Erinnerungen verbunden. Ihr sanfter Blick lässt mich doppelt schuldig fühlen. Da ist keiner, der Achtung verdient. Auf nichts kann man vertrauen, auf kein Versprechen mehr bauen. Historische Größe? O nein, die Geschichte befindet sich im Niedergang; auf einem Zweig des absteigenden Asts singt noch die Nachtigall, auf einem anderen krächzt der Rabe. Was leiert die Frau Professorin noch ihre frommen Sprüche von Ehre und Anstand herunter? Sie besitzt ein Zuhause und hat den Becher der Liebe bis zur Neige geleert, also soll sie doch zu Hause bleiben und sich um Mann und Kind kümmern. Warum vergesse ich nicht einfach diese alten Kamellen und trinke in Ruhe meinen Tee? Ach was, er schmeckt mir ja doch nicht. »Bei Gott, dieses Schweigen ist schrecklich«, sage ich schließlich und lasse den Blick über die Wipfel der Palmen am Abhang schweifen. »Hast du vom Besuch deiner Mutter gehört?«

»Was man getan hat, hat man getan, es geschieht nichts Neues unter der Sonne …«

»Wenn's so einfach wäre, hätten wir schon längst geheiratet«, sage ich verzweifelt.

»Du bist aufgeregter, als ich dachte.«

»Ich habe das Gefühl, ersticken zu müssen.«

»Wir sind es doch gewöhnt, bei Schwierigkeiten standhaft zu bleiben.«

»Aber wie lange noch?«

»Die Zeit ist nicht wichtig.«

»Ist sie doch, ob wir wollen oder nicht. Ich trage eine große Verantwortung.«

»Ich auch. Ich befinde mich haargenau in der gleichen Position.«

»Es bleibt uns nichts anderes übrig, als aufzugeben. Sonst zerstöre ich deine Zukunft.«

»Und was ist mit deiner Zukunft?«

»Für einen Mann sieht das anders aus, der kann noch mit fünfzig heiraten.«

»Das ist das erste Mal, dass du dich kampflos geschlagen gibst, Alwan«, stammelt sie mit kreidebleichem Gesicht.

Ich zögere. »Vielleicht deshalb, weil ich zum ersten Mal meinen Egoismus besiegt habe.«

»O Gott, du willst doch nicht im Ernst ...?«

Sie scheut davor zurück, den Satz zu Ende zu sprechen. Es ist an mir, noch tiefer in der Wunde zu bohren. »Randa, ich gebe dich frei.«

»Nein, ich will das nicht hören!« Sie ist völlig außer sich.

»Überleg dir, unbelastet von mir, deine Lage, und du wirst sehen ...«

»Ich bin frei, zu tun und zu lassen, was ich will. Niemand kann mich zu etwas zwingen.«

»Trotzdem, wir müssen alles noch einmal überdenken.«

Sie starrt bedrückt auf den Tisch, und schließlich sagt sie: »Von der Logik her mag es generell stimmen, aber wenn es um wahre Liebe geht, beschleichen mich Zweifel.«

Hastig und sehr eindringlich warne ich: »Wenn du anfängst, an mir zu zweifeln, machst du alles noch schlimmer. Dann wird auch unsere Liebe zu einem Opfer.«

»Als ob dir das noch wichtig ist …«

»Wenn ich etwas für richtig halte, entscheide ich mich entsprechend.«

Mit bitterer Stimme stößt sie hervor: »Gib zu, dass ich dir im Weg bin.«

»Gott bewahre, Randa! Aber ich sehe keinen Grund, mich verteidigen zu müssen.«

»Nun gut, was mich betrifft, so lehne ich deinen Vorschlag strikt ab.«

»Und ich bestehe darauf«, erwidere ich entschlossen.

Wir schweigen. Die Stille lastet schwerer auf uns als die hereinbrechende Dunkelheit. Jeder hat sich in sich selbst zurückgezogen, und die Verzweiflung scheint als unüberwindbare Barriere zwischen uns zu stehen. Es macht keinen Sinn, noch länger beieinander zu sitzen.

Randa steht mit Mühe auf. »Ich sehe keinen Grund, hier noch zu bleiben.«

Ich erhebe mich, spüre kaum noch Leben in mir. Es kommt mir vor, als trennten sich zwei Fremde, als bräche jeder in sein eigenes Land auf. Stärker als die Liebe ist nur der Schmerz. Ich weiß, dass am Ende der Straße die Einsamkeit auf mich lauert. Wir gehen nebeneinander her, ohne ein Wort zu wechseln, und als wir das alte Haus betreten, sagt niemand einen Abschiedsgruß.

Meine Eltern sind in ihrem Zimmer, Großvater sitzt allein vor dem Fernseher. Als ich mir einen Stuhl heranziehe, schaut er mich einen Moment lang forschend an, bevor er, um sich von seiner bohrenden Sorge abzulenken, sagt: »Ein Film über eine Verrückte, gefällt mir nicht.«

»Warum siehst du ihn dir dann an?«

»Weil im zweiten Programm eine Rede gehalten wird.«

»Und warum schaltest du das Ding nicht aus?«

»Lieber das als gar nichts.«

»Die Verlobung ist aufgelöst.«

Er schaut mich aus müden Augen an, dann murmelt er leise: »Möge dir Gott in deinem Unglück beistehen.«

»Schluss, aus, die Sache ist erledigt.«

»Ich habe das Gefühl, schuld zu sein«, sagt er traurig.

»Brauchst du nicht«, erwidere ich kühl.

Randa Sulaiman Mubarak

An dem zwar mitleidigen, vor allem aber ängstlichen Blick meiner Mutter kann ich ablesen, wie mein Gesicht aussieht. Laut genug, damit mein Vater es hören kann, sage ich: »Ich gratuliere dir, hast es endlich geschafft.«

Sie schweigt und schweigt, und plötzlich hat sie Tränen in den Augen.

»Ich bin zuversichtlich, dass du zur Einsicht kommst«, erklärt mein Vater.

»Papa, hör endlich auf, mich wie ein Kind zu behandeln!«

Er bleibt ruhig. »Du wirst es nicht bereuen. Der Tag ist nicht mehr fern, an dem ich dich daran erinnern werde.«

Zum ersten Mal macht meine Mutter den Mund auf. »Du bist ein gläubiger Mensch, und um einen Gläubigen braucht man sich keine Sorgen zu machen.«

Vater winkt ab. »Jedenfalls hat deine Mutter nichts Falsches gemacht, Randa.«

Von Stund an liegt also ein neues Leben vor mir. Ich betrete eine Welt, in der es keinen Alwan mehr gibt. Von nun an heißt es, geduldig ausharren, bis der Tod die Erlösung bringt. Die grausame Wahrheit, dass ich ziemlich alt bin, setzt mir hart zu. Die Hoffnung, nicht als alte Jungfer zu enden, ist trügerisch. Selbst mein Zimmer sieht alt und schäbig aus. Die zwei Betten stammen aus grauer Vorzeit, das Furnier des Schranks splittert, und der Teppich ist so abgetreten, dass man das Muster nur noch ahnen kann. Obendrein muss ich das Zimmer noch mit Sana teilen, die nur darauf aus ist, mich zu kränken und zu verletzen. Als ich hereinkomme, sagt sie eisig: »Da kann man dir wohl gratulieren.«

Ich bin unglaublich wütend auf Alwan. Offenbar ist er schwächer, als ich gedacht habe. Er wird immer zaudern und zögern und nirgendwo zur Ruhe kommen. Vielleicht gerät er sogar auf die schiefe Bahn oder verkauft sich an eine Frau wie diese Gulstan. Er ist es doch nur leid, Verantwortung zu tragen, und deshalb hat er vor seiner eigenen Schwäche die Flucht angetreten. Endlich wird ihm niemand mehr vorhalten, dass er unfähig ist, die Heirat zu ermöglichen. Ich sollte mich freuen, dass ich ihn los bin. Jetzt, da eine Last von mir gefallen ist, wird es viel leichter für mich werden. Er hat mich verlassen, er hat mich verraten. Weder ihn noch sonst wen wird es interessieren, welche Höllenqualen ich leide. Ich sollte mir gratulieren, dass ich mich von ihm befreit habe. Von nun an lähmt mich nicht mehr mein Herz, jetzt kann ich mit dem Verstand entscheiden. Ich bin frei, frei!

Genug davon, es reicht. Die Geschichte mit der jungen Ärztin – was hat Anwar Allam damit gemeint? Ach, wie stolz das Unglück einherschreitet, mit großen Schritten überwindet es alle Grenzen. Ob man tatsächlich im Lauf der Zeit die große Liebe vergisst? Bloß wann, verdammt noch mal? Je erniedrigter ich mich fühle, desto größer wird meine Verachtung für ihn. Die Eltern werden die Sache so lange verdrängen, bis sie wieder Tritt gefasst haben. Der Anfang vom Sieg ist zunächst eine Niederlage, aber dann kommt der wahre Sieg: Er – in die Flucht geschlagen, und ich befreit. Ertrage deinen

Schmerz mutig und mit erhobenem Kopf, bis er sich eines Tags gelegt hat.

Der nächste Morgen. Ich bin entschlossen, Alwan wie jeden anderen Kollegen zu begrüßen und zu tun, als sei nichts gewesen. Aber als er kommt, vermeide ich es, ihn anzusehen. Ich will nicht, dass er auf den ersten Blick mein ganzes Elend errät. Wie mag seine Nacht gewesen sein? Hat er sich genauso gequält wie ich, oder ist er in den erquickenden Schlaf der Freiheit gefallen?

Natürlich bleibt die Auflösung der Verlobung kein Geheimnis, und wenn mich auch niemand direkt anspricht, sehe ich es den bedrückten Gesichtern an. Die, die Ähnliches schon mal erlebt haben, freuen sich bestimmt, denn fremdes Leid spendet Trost.

Als ich zum Direktor gerufen werde, sieht er ernster als sonst aus. Erst als ich wieder gehen darf, sagt er: »Ich habe davon gehört, tut mir Leid.«

Da ich nichts erwidere, fügt er hinzu: »Es war abzusehen, dass die Sache so endet, und meiner Meinung nach ist die Entscheidung viel zu spät gefallen.« Er zögert kurz, bevor er mit Nachdruck in der Stimme erklärt: »Eine junge Frau wie Sie baut doch ihre Zukunft nicht auf ein nebulöses Versprechen auf. Man könnte fast meinen, dass Sie ihren wahren Wert nicht kennen.«

Ich hülle mich noch immer in Schweigen.

»Als ich unlängst davon sprach, dass es für jedes Problem eine Lösung gibt, habe ich genau diese Entscheidung gemeint. Aber trösten Sie sich, denn da alles dem Untergang geweiht ist, wird die Traurigkeit wohl keine Ausnahme bilden.« Er blättert in einer Akte, tut beschäftigt. »Ich würde Ihnen raten, Fräulein Randa, immer daran zu denken, dass wir im Zeitalter der Vernunft leben. Sie sollten sich auf Ihren Verstand verlassen, alles andere ist nichtig, falsch und verlogen.«

Die ganze Zeit über starrt er mich reichlich unverfroren an. Aber weder steigert das meine Abneigung ihm gegenüber, noch mindert es sie. Ich finde es einfach nur seltsam.

Als ich abends zu Hause bin, sagt mein Vater: »Ich möchte gern etwas klarstellen, Randa. Wäre er wirklich aufrichtig, hätte er dich nie verlassen.«

Das ist typisch für meinen Vater. Er ist ein alter Zyniker, der immer nur Schlechtes von den Menschen denkt. Er stochert in allem, was gut ist, so lange herum, bis ihm schließlich doch noch ein bösartiges Argument einfällt. Was Alwan betrifft, denke ich zwar auch ähnlich, aber deshalb gebe ich es noch lange nicht zu. »Unsinn, Alwan hat es einfach nicht mehr ertragen, sich dauernd Vorhaltungen anhören zu müssen. Deshalb hat er dieses schmerzliche Opfer gebracht. Ich kenne ihn besser als du, Papa.«

Er lächelt. »Ich kann dir prophezeien, dass alles ein gutes Ende nehmen wird.« Ich schweige, und er fährt fort: »Und da wir uns jetzt von der Liebe befreit haben, ist es an der Zeit, unser Schicksal auf die Vernunft zu begründen. Es kann nicht schaden, auf die Meinung anderer Leute zu hören.«

»Mein Leben geht nur mich was an«, sage ich ungehalten.

»Nein, uns alle.«

Was für ein Elend! Alwan rückt in immer weitere Ferne, und wir reden über ein neues Leben.

Muchtaschimi Zajid

Lob und Dank sei Gott. Es könnte alles gut sein, wenn Alwan nur nicht so traurig wäre. Der Frühling ist dieses Jahr besonders angenehm, weil der Chamasinwind nur selten weht. Wann wird Alwan endlich darüber hinwegkommen und wieder heiter sein? Lob und Preis dem Herrn. Der heutige Tag vergeht bei Andacht, Beten, Mittagessen, Liedern, Filmen. Ist man achtzig, stellt man sich darauf ein, dass der unvermeidbare Gast jederzeit kommen kann. O Gott, beschere mir ein gutes Ende. Herr, erspare mir Gebrechlichkeit und Schmerz, und netze jeden Winkel dieses alten Hauses mit dem Tau Deiner Gnade.

Gottes Welt ist von solcher Pracht, dass sie unser aller Liebe verdient. Aber was für ein böser Geist ist das, der sich ihrer bemächtigt hat? Doch noch gibt es den Himmel, den Nil, die Bäume, die Taubenschwärme und vor allem diese wunderbare Stimme, die da spricht: *In der Schöpfung der Himmel und der Erde, und im Wechsel von Nacht und Tag, und in den Schiffen, die das Meer befahren mit dem, was den Menschen nützt, und in dem Wasser, das Gott niedersendet vom Himmel, womit Er die Erde belebt nach ihrem Tod und darauf verstreut allerlei Getier, und im Wechsel der Winde und der Wolken, die dienen müssen zwischen Himmel und Erde, sind fürwahr Zeichen für solche, die verstehen.*

Hätte ich nur an meinem Alter zu tragen, wäre ich glücklich. Aber nein, ich finde keinen Frieden. Seid mir gegrüßt, ihr vergangenen Zeiten, lebendig in der Erinnerung bis heute: die Zeit naiver Gläubigkeit, die Zeit des Zweifelns und der Freude an geistiger Auseinandersetzung, die Zeit der Ketzerei und des mutigen Voranstürmens, die Zeit der Vernunft und der endlosen Diskussionen und schließlich und endlich – die Zeit des Glaubens und der Hoffnung. Der Tod ist das letzte Abenteuer, das uns versprochen ward, und das vertraute Gespräch mit ihm lässt den Bedrängten die Last als leicht empfinden. Ist die Stunde gekommen, da er sich mir offen zeigt, werde ich freundlich sagen: »Nun denn, pflücke die Frucht, die ihre volle Reife hat.«

Unlängst habe ich Alwan von einer neuen Fernsehserie erzählt. Er könne mir zu meinem Seelenfrieden nur gratulieren, erklärte er, was mich natürlich geärgert hat. Als ich ihm das sagte, hat er, wenn auch ein wenig beschämt, nur gelacht. Da hielt ich es für richtig, ein wenig deutlicher zu werden. »Mein lieber Alwan«, sagte ich, »es gibt einen letzten Abschnitt im Leben, den nennt man das Greisenalter. Mit meinen achtzig Jahren habe ich den Gipfel des Bergs erreicht. Da ist es doch wohl mein Recht, einzig an meine Erlösung zu denken und die Sorgen des Landes seinen Söhnen zu überlassen. Zu meiner Zeit habe ich, so gut ich konnte, meine Pflicht erfüllt. Ich habe mir die größte Mühe gegeben, einen verantwortlichen Menschen aus dir zu machen, mehr noch, ich höre nicht auf, dich vor den Folgen vorzeitiger Vergreisung zu warnen. Dein Wortschatz beschränkt sich auf einen Begriff – ›Märtyrerheld‹. Zuerst warst du vor lauter Begeisterung wie in Bann geschlagen, dann hast du nur noch geklagt und gejammert. Ich kann von mir immerhin sagen, dass ich drei Schüler auf den Weg zum Minister gebracht habe.«

»Wie? Du meinst, du hast sie zu Ministern gemacht?«, fragte Alwan und gluckste vor Vergnügen.

Da lachte auch ich laut los, und als ich mich beruhigt hatte, sagte ich: »Überlassen wir das Urteil der Geschichte. Aber ihr, die junge Generation, ihr lebt in einer Zeit voller Herausforderungen. Da braucht es Helden und keine Zögerer und Zauderer.« Ich streichelte ihm liebevoll über den Arm, bevor ich noch hinzufügte: »Tu deine Pflicht, damit du dich eines Tages mit gutem Gewissen auf den Weg zu Gott machen kannst.«

Hätte mir der Herrgott die Gabe geschenkt, Wunder zu vollbringen, hätte ich als Erstes Alwan eine Wohnung und das Brautgeld hergezaubert. Aber was soll man machen? Der Mensch denkt, Gott lenkt. Im Augenblick ist er nur mit sich und seinem Schmerz beschäftigt, da kann ich ihm nur mit meinem Gebet helfen. Vor Jahren hat mich Sulaiman Mubarak, Randas Vater, mal gefragt, wie denn dieses Schlitzohr von Derwisch, nämlich ich, mit seinen früheren Vergnügungen und Lastern fertig werde. Da habe ich nur gelächelt und gesagt: »Zwischen dem Allmächtigen und mir ist anstelle von Furcht Liebe getreten.«

»Ach so! Erst übertriffst du selbst den Teufel an Durchtriebenheit, und dann bittest du um Vergebung.«

»Wieso? Die Zeit der Vergnügungen gehört zu meinen schönsten Erinnerungen.«

»He, Leute, seht euch den an!«, kreischte Sulaiman. »Hier könnt ihr mal einen richtig modernen Derwisch bewundern!«

»Du Narr«, schimpfte ich los. »Ich habe allmählich eine Stufe erreicht, wo ich selbst aus einem Schlager wie ›Mich haben viele gern, aber du gehst mir nicht aus dem Kopf‹ einen Zug von Sufitum heraushöre.«

Da brach er in lautes Gelächter aus und schrie: »Und was sagt dir das Lied ›Der Tag, an dem mich der Hafer stach‹?«

»Spotte, so viel du willst. Die einzige Laune, zu der sich ein guter Meister hinter dem Schleier seiner Würde verführen lässt, ist ein schlichtes Gebet des Danks.«

»He, Muchtaschimi!«, krähte er los. »Ich könnte schwören, dass du genau der richtige Patron für die Nachtklubs an der Pyramidenstraße und die Lasterhöhlen der Wendespekulanten wärst.«

Genug davon, im Augenblick ist Alwan mein Problem. Hält er mich vielleicht für schuldig, die Sache ins Rollen gebracht zu haben? Ich sehe ihn zärtlich an und sage: »Ich würde dir liebend gern ein Stück Traurigkeit abnehmen.«

»Ach, Großvater, ich weiß einfach nicht, was ich mit meinem Leben anfangen soll.«

»Du wirst sehen, eines Tages bekommst du wieder Boden unter den Füßen.«

»Da bin ich längst ein alter Mann.«

Ich seufze. *»Und der Allmächtige erschafft, was ihr nicht kennt.«*

»Du hast es gut, ein schöner Spruch, und die Lösung ist da.«

»Nun hör mir mal gut zu, Alwan. In den Dreißigerjahren wurde ich entlassen, weil ich die Studenten angeblich zum Streik aufgehetzt hatte. Zu der Zeit war ich ohnehin schrecklich arm und hatte Frau und Kinder zu ernähren. Ich habe mich an einer Grundschule für einen Hungerlohn verdingt, ich habe die Buchhaltung für einen befreundeten Krämer übernommen, und ein ganzes Jahr lang haben wir außer Linsen nichts zu essen gehabt. Frag deinen Vater, er hat das alles miterlebt.«

Ich habe das Gefühl, dass er mir nur halb zuhört.

»Allmählich hasse ich mich selbst«, stößt er ärgerlich hervor.

»Nimm es als Zeichen, dass ein neues Leben beginnt.«

»Oder ein neuer Tod.«

»Ach, was! Wir reden hier über das Leben, nicht über den Tod!«

»Der Tod gehört auch zum Leben«, fährt er mich scharf an.

Im Innern, nur für mich, spreche ich den Vers: *Wer sich leiten lässt, findet das wahre Wohl, wer aber vom Weg abkommt, geht in die Irre.*

Alwan Fawwaz Muchtaschimi

Das Herz verwundet, der Stolz verletzt. Ich ziehe herum wie ein streunender Hund. Die Hitze vergällt einem die Freude am Laufen. Das Café »Risch« rettet mich vor der Einsamkeit.

Ich bestelle einen Kaffee und spitze die Ohren. Das

ist der Tempel, wo des teuren Toten gedacht wird, jenes Helden, der zum Symbol für verloren gegangene Hoffnungen geworden ist. Das ist aber auch der Ort, wo sich wahre Sturzbäche von Spott und Hohn über den »siegreichen Friedensbringer« ergießen. Der »Sieg« hat sich als schmutziges Spiel herausgestellt, der »Frieden« als Unterwerfung. Hier schert man sich nicht darum, ob israelische Touristen lauschen oder nicht. Ich jedenfalls höre andächtig zu und finde ein klein wenig Trost.

Ihr wollt ein Schlagwort haben, das meine Haltung charakterisiert? »Verweigerung.« Ach, das gefällt euch nicht? Dann seht doch hinaus auf die Straße. Schaut auf das Gewimmel, auf die müden Gesichter. Was mag sich alles an Kummer und Sorgen dahinter verbergen? Männer, Frauen, Kinder hetzen umher, und nicht einmal die Schwangeren können es sich leisten, zu Hause zu bleiben. Sie alle spielen in einer Tragödie, oder Posse, ihre Rolle. Geschäfte, Boutiquen, voll gestopft mit Waren. Das gleißende Licht der Lampen am Platz geht auf die Nerven, und genauso stört mich, dass diese Touristen ständig Mineralwasser, abgefüllt in Flaschen, trinken. Und diese schreckliche Musik, die irgendwelche Idioten in den Rundfunkstationen machen, in jedem Taxi plärrt das vor sich hin. Das Einzige, das geblieben ist, wie es war, sind die Bäume und Häuser. Von irgendwoher dringt der Wortschwall einer Rede herüber, Lügen und Staub wirbeln durch die Luft. Wie müde ich bin, müde, müde, müde … Eine baufällige Hütte für hunderttausend Pfund, Korruption in der Universität, Millionäre in Hülle und Fülle, alle miteinander versippt und verschwägert. Schmarotzer, Schmuggler, Zuhälter. Schiiten, Sunniten. Geschichten über Geschichten, gegen die »Tausendundeine Nacht« nichts ist. Der Kellner hat seine Geschichte, und der Schuhputzer auch. Bestechung? Kein Problem, man scheut nicht mehr das Licht, sondern verhandelt laut wie auf dem Markt. Bodenenteignung. Der Chef der Bande weiß, wie er an Geld kommt. Wer sonst stachelt den Glaubenskrieg an? Hat das Parlament früher getanzt, singt es heute. Neue Banken. Importe in fremder Währung. Berge von Käse, teure Eier. Bündelweise Geld in den Nachtklubs bei den Pyramiden. Eine aufgelöste Verlobung! Und was hat der Imam der Moschee Wichtiges zu erklären? Dass es keine einzige öffentliche Toilette im Viertel gebe! Schmeißen wir doch alle raus aus dem Land und vermieten es möbliert! Ein Schmierenkomödiant, mehr nicht. Und dann sind da noch die guten Freunde – Begin, Kissinger. Uniformen wie bei Hitler und Auftritte wie bei Chaplin.

Plötzlich wird es still. Eine Frau biegt von der Straße ab und geht in den Puff, der hinter dem Café ist. Kaum ist sie verschwunden, werden Vergleiche zwischen ihrem dicken Hintern und der rasanten Inflation angestellt. Ein Optimist erklärt, sie mache diesen Job nur, weil sie Material für ihre Doktorarbeit braucht, ansonsten sei sie hochanständig. Ein Schwuler findet, dass Homosexualität die Krise lösen kann, in der die Liebe derzeit steckt. Sie könne sogar helfen, die Ziele der Familienplanung zu erreichen.

Weg mit Camp David, das ist die einzige Lösung. Rückkehr zu den Arabern und zum Krieg. Ein immer währender Krieg, bis es aus und vorbei ist mit den Kompromisslern.

Genug, Schluss damit, es ist nicht die Zeit herumzutrödeln. Vor dir fliehen zu wollen, Randa, ist verlorene Mühe. Die Wunden der Liebe heilen langsam, vielleicht wird sie sogar zur chronischen Krankheit. Das Einzige, was mich darüber hinwegtröstet, dass ich Randa verletzt habe, ist, dass ich mich selbst noch viel mehr verletzt habe.

Wir sitzen beim Abendessen. Ich sehe meine Eltern an und denke, dass ich sie beneide. Sie schaffen es, sich vor ihren Problemen in die Arbeit zu flüchten. Die Arbeit frisst sie auf. Ich hätte nie gedacht, dass zu viel Arbeit auch etwas Gutes hat. Wann immer ich eine Diskussion anfangen will, erklärt einer von beiden im nächsten Moment: »O bitte, verschone uns mit dem Gerede über dich und das Land. Es reicht, wenn wir uns deinetwegen abrackern. Lös deine Probleme selbst, und um das Land kümmert sich schon der liebe Gott. Was hat denn deinem klugen Großvater sein kämpferischer Eifer schon eingebracht.«

Es gab Zeiten, da konnte sich mein Vater begeistern. Die Revolution hat er bejubelt, bei der Niederlage hat er geweint, und dann kam die Wende und hat ihn fertig gemacht. »Die Tage vergehen, und ich finde nicht mal die Zeit, zum Friseur zu gehen und mir die Fingernägel zu schneiden«, jammert er. Bei Großvater hat er sich neulich über den Pöbel im Bus beklagt. Er lege immer beide Arme um meine Mutter, weil sie sonst von irgendwelchen Typen angetatscht wird. Einmal, es war an einem Freitag, hat er mir erklärt: »Das ist mein einziger freier Tag, und sogar heute habe ich eine Menge zu tun. Ein Bad nehmen, Besuche machen, mal muss ich jemanden trösten, mal mich entschuldigen. Und habe ich dann tatsächlich mal eine Stunde für mich und kann mich ausruhen, da kommst du und überfällst mich mit deinen Problemen.«

Im Absolventenklub laufe ich meiner ehemaligen Professorin, Frau Doktor Alja Samih, über den Weg. Sie fragt, wie es geht, und ich erzähle ihr, dass ich die Verlobung aufgelöst habe. Sie findet das überhaupt nicht gut und schlägt vor, dass wir uns alle drei zusammensetzen und noch einmal darüber sprechen. Adieu, Frau Lehrerin, die Zeit des Redens ist vorbei. Von nun an werde ich ein eingeschworener Feind jeglichen Geredes sein. Al-Machruki hat seine Probleme einfach dadurch gelöst, dass er sich abgesetzt hat. Er ist überzeugt, dass die Zeit für ihn und seine Gesinnungsgenossen arbeitet. Wie ist er zu dem geworden, was er ist? Er hat Klempner gelernt, aber kaum hielt er das Abschlusszeugnis in den Händen, hat er es in den erstbesten Mülleimer geworfen. »Und das Geschäft? Was wird aus dem Laden?«, habe ich erschrocken gefragt.

Ohne das Gesicht zu verziehen, lächeln tut er ja nie, hat er gesagt: »Ich nehme meinen Handwerkskasten, ziehe durch die Straßen und rufe: ›Der Klempner ist da!‹ Dann hagelt es nur so Aufträge, und in kürzester Zeit bin ich reicher als der Herr Zubair.«

Kurz bevor wir uns trennten, sagte er spöttisch: »Ich lade dich ein, einem neuen Glauben beizutreten, er nennt sich ›Unterwerfung‹, also Islam.«

Ich sitze bei meinem Chef im Büro. Das Erste, was ich zu hören bekomme, ist: »Das war sehr vernünftig von Ihnen. Sie werden sehen, jetzt lacht Ihnen die Welt wieder zu.«

Irgendwann, die Trennung von Randa liegt bereits ein paar Wochen zurück, bestellt Anwar Allam mich wieder einmal in seine Wohnung. Als die Arbeit erledigt ist, tut er das, worauf ich von Anfang an gehofft habe: Er lädt mich zum Abendessen ein. Dass Frau Gulstan uns Gesellschaft leistet, verwundert mich nicht mehr. Mit einigen wenigen Worten bedauert sie die Auflösung der Verlobung, dann fängt sie ein Gespräch über moderne Musik an. Anwar Allam legt ein paar Kassetten ein, und wir hören uns diverse Beispiele an.

»Mir scheint, Sie mögen diese Lieder, Herr Allam«, sage ich.

»Zumindest habe ich nichts gegen sie,« erwidert er beiläufig.

Frau Gulstan und ich schauen uns hin und wieder heimlich an. Ihre Augen glänzen warm, ihre Blicke haben etwas Verschwörerisches. Sie denkt nicht daran, ihren Charme und ihr Selbstbewusstsein zu verstecken. Ihre Botschaft lautet: Ich bin eine anständige Frau, aber für meine Reize kann ich nichts. Und: Gefällt dir meine Weiblichkeit, obwohl sie über die Jugend schon hinaus ist? Meine Antwort würde lauten, dass ich vor allem eins bin – hungrig. Wahrscheinlich hält sie mich für ein Lamm und ahnt nicht, dass ich eher ein Wolf bin. Solch eine Frau als Geliebte zu haben, wäre eine ungeheure Erleichterung. Nur, wie soll ich das anstellen? Wann und wo sollte sich je die Gelegenheit bieten, sie zu verführen?

»In einem Monat ist endlich das neue Haus fertig, dann verlässt mich meine Schwester, und ich bin ganz allein«, höre ich Anwar Allam sagen.

Ich stutze. »Sie ziehen nicht um?«

»O nein, das will ich nicht. Ich werde in der Wohnung einiges verändern, damit hier ein Paar leben kann. Es ist höchste Zeit für mich zu heiraten.«

Die Zeit bringt Hoffnung, sie lässt vergehen und werden. Eines Tags ist der Bazillus abgetötet, und es setzt die Heilung ein. Gott enttäuscht keinen Menschen, der reinen Glaubens ist. Immerhin haben wir es schon geschafft, zusammenzuarbeiten und uns zu unterhalten. Wir sind zu Kollegen geworden, Fremde, die nie bei einem Kuss dahingeschmolzen sind. Manchmal tut er mir sogar genauso Leid wie ich mir selbst. Ich verurteile ihn nicht mehr, aber achten kann ich ihn auch nicht. Ich bin dabei, eine neue Erfahrung zu machen – ihr Name lautet: Anwar Allam. Er benimmt sich ungewöhnlich freundlich mir gegenüber, spaßt und scherzt mit mir, und aus allem spricht unverhohlene Bewunderung. Ich warte ab und verstecke hinter meinem Stolz die Angst, wieder eine Enttäuschung zu erleben.

Meine Mutter glaubt, dass ich das Schlimmste überwunden habe, deshalb fällt sie wieder mit ihrem Gerede über mich her. Erst gestern, als wir im Wohnzimmer saßen, hat sie mir erklärt, dass Ibrahim Bey bereit sei, noch einmal um meine Hand anzuhalten. Er ist ein Mann mittleren Alters und besitzt eine Metallfabrik. Er hatte sich schon vor zwei Jahren um mich beworben, aber ich habe ihm einen Korb gegeben.

»Vater und ich sind der Meinung, dass du, solange du niemandem verpflichtet bist, einzig und allein deinen Verstand entscheiden lassen solltest.«

»Aber er ist Witwer und hat Kinder!«, protestierte ich.

»Dafür hat er Geld und nimmt dich, wie du bist.«

»Das ist doch kein Geschäft, bei dem es um Kauf und Verkauf geht.«

»Einen wie ihn finden wir nicht so schnell.«

»Ich habe keine Eile«, fuhr ich sie an.

»Aber Kind, die Zeit vergeht wie im Fluge …«

»Na und? Ich werde nicht die erste alte Jungfer in der Geschichte sein.«

Mein Vater hielt sich zurück, die ganze Zeit über sagte er kein einziges Wort. Wenn ich ehrlich bin, stimmt das, was ich meiner Mutter entgegnet habe, nicht unbedingt. Ich möchte durchaus mein eigenes Leben einrichten, aber nicht auf Kosten meiner Selbstachtung. Der Mann meiner Wahl muss Geld haben, aber er sollte auch eine geachtete Stellung einnehmen. Bei Anwar Allam ist das der Fall. Gäbe es irgendeinen dunklen Punkt in seinem Leben, hätte ich es längst erfahren. Er ist aufmerksam und nett, und was das Aussehen betrifft, finde ich ihn akzeptabel. Natürlich ist er älter als ich, aber so groß ist der Unterschied nun auch wieder nicht. An Liebe denke ich erst gar nicht, das wäre im Augenblick nun wirklich das Dümmste.

Allzu lange muss ich nicht warten. Er sieht einen Bericht durch, den ich geschrieben habe, zeichnet ihn ab, und gerade will ich gehen, da sagt er: »Ich würde gern Ihre Meinung wissen …«

Ich tue erstaunt, aber mein Puls geht etwas schneller. »Worüber, Herr Allam?«

»Ich bitte Sie um Ihre Hand, was meinen Sie dazu?«

Als sei ich völlig überrascht, stehe ich stumm und steif da.

»Nun ja, ich verstehe mich nicht sonderlich gut darauf, über Liebe zu reden, aber sie ist da. Ich möchte nicht anmaßend sein, aber vielleicht darf ich Ihnen sagen, dass Sie meinen Erwartungen voll und ganz entsprechen.«

»Das kommt etwas überraschend«, flüstere ich.

»Natürlich, natürlich, nehmen Sie sich die Zeit, um in Ruhe nachzudenken. Aber seien Sie versichert, dass ich über alle Voraussetzungen für eine gute Ehe verfüge. Jemand wie ich spricht nicht vom Heiraten, wenn er nicht überzeugt ist, die Verantwortung tragen zu können.«

»Danke, ich werde darüber nachdenken«, wispere ich verschämt.

Am Abend erzähle ich meinen Eltern von dem Antrag. Ohne auch nur im Geringsten zu zögern, sagt meine Mutter: »Nun denn, mit Gottes Segen«, während mein Vater erklärt: »Wir stimmen dem zu, was du für richtig hältst.«

Als ich mit meiner Mutter allein bin, frage ich sie, was sie mir als Mitgift geben können.

»Was deinen Vater betrifft, kannst du nichts erwarten. Ich habe noch etwas Schmuck, den ich verkaufen kann. Ich halte es für das Beste, wenn du dem Herrn offen und ehrlich die Lage schilderst.«

Die bitteren Erfahrungen, die mich fast den Verstand gekostet haben, helfen mir jetzt, keine falsche Scham zu zeigen. Ich bin reifer geworden. Obwohl Anwar Allam meine Lage kennt, schildere ich ihm vorbehaltlos die finanzielle Situation meiner Familie.

»Ich komme für alles auf«, erklärt er knapp und deutlich, worauf ich seinen Antrag annehme.

Er lächelt und sagt: »Wie wir wissen, ist die Zeit ein wichtiger Faktor, also sollten wir alles so schnell wie möglich hinter uns bringen.«

Die Verlobungsfeier findet bei uns zu Hause im engsten Kreis statt. Von meiner Seite nehmen nur meine Eltern und meine Schwester daran teil, von seiner Seite Frau Gulstan und sein älterer Bruder. Von den Nachbarn haben wir niemanden eingeladen. Frau Gulstan schenkt mir eine Goldkette mit einem teuren Diamanten. Ich bin schrecklich nervös, aber ich zwinge mich, nach außen hin ruhig zu erscheinen. Tatsächlich spiele ich meine Rolle so geschickt, dass ich mich selbst wundere. Aber kaum bin ich mit Sana in unserem Zimmer allein, lässt mich meine Kraft im Stich, und ich heule los.

Sana schaut mir niedergeschlagen zu, bevor sie schließlich sagt: »Gut, das war jetzt der letzte Abschied von deiner unerquicklichen Vergangenheit.«

»Ich habe das Kostbarste verloren«, schluchze ich, »das ich je im Leben besaß.«

»Das sehe ich anders. Lassen wir die Zeit darüber entscheiden.«

In ihrer Stimme schwingt mitleidige Zärtlichkeit, was ich von ihr nicht gerade gewöhnt bin.

Muchtaschimi Zajid

Oben, nur wenige Meter von uns entfernt, findet die Verlobungsfeier von Randa statt. Alwan zieht nicht mehr das kurzärmlige Hemd und die graue Hose an, sondern trägt einen Anzug. Er hat starke Muskeln, und die Haare auf der Brust sind tief schwarz. Seine Gesichtszüge haben etwas Harmonisches bekommen, auch wenn er meistens sehr bedrückt aussieht. Jugend, Schönheit, Verzweiflung. Was braut sich an diesem verfluchten Tag zusammen? Wehmut überkommt mich, wie ich sie sonst nur beim Lesen von Gedichten empfinde. Was soll ich ihm sagen? Ich kann ihn nur anschauen und ihm zulächeln. Wie immer hat er zum Abschied die Hand gehoben und gesagt: »Mach's gut, Großpapa.«

Ich fühle mich plötzlich schlecht, gerade so, als hätte ich ein Kilo schwarzen und roten Pfeffer verschluckt. An innere Einkehr und fromme Andacht ist nicht zu denken. Was für ein elendes Dasein, was für eine verrückte Welt! So viele geliebte Menschen ruhen nun schon unter der Erde. Ich weiß nicht, warum, aber ich muss dauernd an euch denken. Mir ist schon ganz schwindlig davon. Vor euch sind hunderte von Propheten und Heiligen aus der Welt geschieden, und kaum zu Staub geworden, nähren sie den Boden mit dem Besten, was das Leben zu bieten hat. Warum bricht die Vergangenheit wie ein glühender Lavastrom über mich herein? Welcher Vulkan schleudert sie mit solcher Gewalt hervor? Mir dröhnen die Hochrufe auf die Revolution in den Ohren: Unabhängigkeit oder Tod! Das Volk ist der Herrscher, nicht der König! Die Brände, das Zischen der Flammen. Ruhm und Niederlage des toten Helden, Glanz und Dekadenz seines Nachfolgers. Der Wahnsinn bahnt sich seinen Weg, ungeachtet aller Felsen, und Hunger und Schulden folgen in seiner Spur.

Ach, Freunde, die ihr so zahlreich gegangen seid, euch hat nur wenig beschwert! Ihr habt nicht an den Tod gedacht, ihr glaubtet euch vor Krankheit geschützt. Ihr habt Kognak mit Ingwer getrunken und wart an Festen hinter den Frauen her. Ihr habt vom Glücksspiel erst gelassen, wenn es Zeit fürs Morgengebet war. Ihr habt euch in die mondbeschienenen Fluten des Nils gestürzt, wenn ein Segelboot, beladen mit Haschischtrunkenen, seine Runde machte. Ihr habt, mit eurem Glauben und Steinen bewaffnet, am Jahrestag der Außerkraftsetzung der Verfassung den Kampf mit Polizei und Armee gewagt. Oh, ich sehe noch alles vor mir, ich höre das Pfeifen der Kugeln und das Dröhnen der schweren Stiefel. Ach, Freunde, so viele vergessene Gräber, so viele Schicksale, die keinen mehr kümmern!

Ich beschwöre mir das Bild meines Großvaters herauf. Er, der an der Azhar-Universität Grammatik lehrte, sprach zu meiner Großmutter, die nicht lesen und schreiben konnte, nur klassisches Hocharabisch. Er setzte ein buntes Gemisch von Gescheiten und Verrückten in die Welt, die ihrerseits bis auf den heutigen Tag Verstand und Wahnsinn zeugen.

O ihr, die ihr zum Abschaum der Menschheit gehört, was hat euch mein Enkel getan? Euren Kindern habt ihr Reichtum und Sicherheit vererbt, uns hingegen nur Armut und Schulden. Es scheint, als hätte die Revolution nur wegen eures Glücks und unseres Elends stattgefunden. O Du mein Herr, wann gibst Du mir den Mut, die Welt und alles Leben zu verschmähen? Wie lange noch soll ich mich nach Wundern verzehren, die niemals geschehen? Einfach in den Lüften schweben, oder übers Wasser schreiten, oder mit dem Finger auf den Tyrannen zeigen, und im Nu trifft ihn der Blitz, und die Welt ist von allem Übel befreit. Das Experiment ist gescheitert. Statt das Leben als das zu nehmen, was es ist, als große Gnade, haben wir es mit Treulosigkeit, Egoismus, Verrat besudelt.

Zornig gehe ich in der Wohnung auf und ab. Meine Hand streift über einen verschlissenen Sessel, als wollte ich Abschied nehmen. In der Mitte der Sofalehne steht in schwarzer persischer Schrift und eingefasst von einem perlmuttenen Halbmond ein Spruch: »Geduld bringt Huld.« Was für Geduld? Jahrtausende lang haben wir uns geduldig gezeigt, so sehr, dass Geduld zu einem Laster und Hoffen zu einem Gebrechen wurden.

Vielleicht sollte ich mich in meinen Sessel setzen und ein Glas Anis trinken. Was ist das? Ein Lächeln schleicht sich auf meine Lippen. Aus welchen Tiefen mag es kommen? Verirrt im Dickicht der Trauer, überwand es die Mauer der Frömmigkeit und fand zurück in die Zeit heiterer, unbekümmerter Verrücktheit, als es noch den Hauch des Weins und den Schweiß der Hübschen auf den Lippen spürte, als es noch Gefährten gab, die Jugend, Mut und Kampfeslust besaßen. Als sich noch Lachen über Lachen in die Weiten des Horizonts aufschwang und verhallte. Als Zumurrada noch halb nackt auf dem Tisch tanzte und sang: »Hach, was ist mir kribblig zumute ...« Nächte voller Streiche und Späße, durchgefeiert inmitten der schuldlos von der Gesellschaft Verstoßenen. Dabei waren es gerade die Huren und Kupplerinnen, die uns manche Weisheit lehrten. Wie viel Klugheit lag in der Frage, ob sie, die Ausgestoßenen, nicht mehr Erbarmen mit uns zeigten als die großen Herrscher. »Wir opfern uns für euch auf, damit ihr ein wenig Spaß habt, während sie ihren Spaß mit euch treiben und sich auf eure Kosten amüsieren.« Das ewige

Paradies wünsche ich euch, Zumurrada, Lahluba, Umm Takija und all den anderen Ausgestoßenen! Erst als die großen Herrscher Unglück, Armut und Schmach über uns brachten, spürten wir, wie viel Gutes ihr uns getan habt. Stoßen wir an auf die Nächte, in denen ihr uns die Wonnen des Rauschs vergönntet, die Kunst des Herausputzens lehrtet und das Kämmen des Haars mit Fett. Keine Anstrengung habt ihr um anderer Menschen willen gescheut, auch wenn ihr euch mit kargem Lohn begnügen musstet und desto reichlicher mit Verachtung und Häme bedacht wurdet.

Ach, was ein kleines Lächeln doch alles bewirkt, obwohl die Zeit, überschattet von Wahnsinn, nicht danach ist. Das Herz ist zerbrechlich, die Reue groß, die Sehnsucht nach Vergebung grenzenlos. Fragen über Fragen lassen einen das Leben nur schwer ertragen – was könnte sein, was nicht, was müsste sein, was nicht? Und während wir uns den Kopf zermartern, teilen die Diebe die Beute auf. O Du, mein Gott, zu Dir flehe ich in der Not! Mögest Du Wundertäter und Wissende zu uns schicken, auf dass die Finsternis dieser langen Nacht endlich ende.

Es ist später Abend, als Fawwaz und Hana heimkehren. Ich will gerade ins Bett gehen will, da fragt mich mein Sohn, was ich von Alwans Zustand halte. »Das wird schon wieder«, sage ich betont ruhig, um möglichst zuversichtlich zu wirken. »Der Junge ist stark, also wird er die Krise heil überstehen.«

»Er ist frei und kann seine eigenen Wege gehen«, überlegt Hana laut.

»Regt euch nicht auf, es war einzig und allein seine Entscheidung.«

Ich hätte ihn gern noch gesehen, bevor ich mich schlafen lege. Ein alter Gedanke, der mich immer wieder neu überfällt, geht mir nicht aus dem Kopf: Der Mensch muss die Welt lieben und sich gleichzeitig von ihrer Knechtschaft befreien. Ach, Ihr Lieben von einst, warum muss ich so viele Jahre in einer Welt verbringen, die ihre eigenen Kinder verschlingt?

Alwan Fawwaz Muchtaschimi

Ich habe meine Rolle glänzend gespielt. Bin einfach an Randas Schreibtisch getreten, habe die Hand ausgestreckt und gesagt: »Herzlichen Glückwunsch.«

Sie sah flüchtig auf und stammelte ein paar Worte des Danks. Wir befanden uns allein im Raum, und da wir uns so viele Jahre nahe gestanden haben, hielt ich es für mein gutes Recht, ihr meine Meinung zu sagen. »Ich will dir nicht verhehlen, dass ich dir einen besseren Mann gewünscht hätte.«

»Was ist falsch an ihm?«, fragte sie kühl.

»Ich finde, du verdienst den allerbesten Mann.«

Sie hat seltsam gelächelt und dann gesagt: »Schön, dass du das denkst.«

Ich werde dieses Kapitel ein für alle Mal beenden, irgendwann lässt der Schmerz bestimmt nach. Ich darf mich nicht meiner Traurigkeit hingeben, sonst werde ich wahnsinnig.

Kaum ist der Direktor eingetroffen, suche ich ihn unverzüglich auf. »Verzeihung, aber ich möchte Ihnen gratulieren.«

»Danke, und lassen Sie mich Ihnen sagen, dass ich keinen Schritt in diese Richtung gemacht hätte, wenn Sie nicht zurückgetreten wären.«

»Sicher, Sie tun immer das Richtige.«

»Nochmals vielen Dank. Von jetzt an sollten Sie an Ihr eigenes Glück denken.«

Ich weiß nicht, was ich sagen soll.

»Jetzt steht Ihnen alles offen, Sie müssen nur vernünftig sein.«

»Danke für den guten Rat, Herr Allam«, sage ich und bereite den Abgang vor.

»Moment«, ruft er hastig, »ich soll Sie einladen. Meine Schwester hat uns für heute, so gegen sechs, zu einer kleinen Teerunde eingeladen, weil der Umzug ins neue Haus geschafft ist.«

Stimmt, alles ist offen. »Es würde mich freuen, dabei zu sein.«

Auch wenn ich die Einladung angenommen habe, bin

ich doch nicht bereit, mich zu verkaufen. Es ist schwül, als ich losgehe. Die Villa befindet sich in der Nähe von Anwar Allams Wohnung. Es ist ein kleines, aber elegantes Haus mit einem Garten voller Rosen- und Fliederbüsche. Frau Gulstan kommt uns in einem weißen Kleid entgegen, das ihren üppigen Formen schmeichelt. Sie führt uns in den Salon und nimmt zwischen uns Platz. An den rosa gestrichenen Wänden hängen teuer aussehende Gobelins.

»Wir werden ganz für uns sein«, erklärt Anwar Allam, »Sie zählen ja sozusagen zur Familie.«

Ohne mich anzusehen, sagt Frau Gulstan: »Er ist der Einzige von deinen Kollegen, dessen Benehmen mir gefällt.«

Als ich mich höflich bedanke, lacht Herr Allam und meint: »Du siehst, dein Eindruck bestätigt sich.«

Wir trinken Tee, und ich esse ein riesengroßes Stück Torte.

»Es heißt, dass die sektiererischen Auseinandersetzungen extrem zugenommen haben«, sagt Anwar Allam.

»Könnte das ernste Folgen haben?«, fragt seine Schwester.

»Wo bleibt die Regierung?«, füge ich ihrer Frage hinzu.

Herr Allam wiegt bedenklich den Kopf. »Die Situation ist durchaus Besorgnis erregend.«

Frau Gulstan schaut mich an. »Eure Generation verdient wirklich Mitleid.«

»Und heftige Vorwürfe«, ergänze ich ärgerlich.

Herr Allam steht auf. »Entschuldigt mich für einen Moment, ich muss ein paar dringende Anrufe erledigen.«

Wir sind allein. Sie schaut mich zärtlich an und sagt: »Jemand wie Sie sollte nur Gutes erfahren.«

Was meint sie damit? Die Politik oder meine persönliche Situation? Aber das ist im Moment nicht das Problem. Die Nähe ihres reifen, attraktiven Körpers erregt mich ungemein. Ich kann nicht anders, ich starre sie schamlos an. Das Einzige, was ich im Augenblick möchte, ist, sie zur Geliebten zu haben. Mein Mund ist trocken, ich flüstere: »Ich würde Sie gern einmal allein treffen.«

»Warum nicht? Mit einem so anständigen, jungen Mann redet man gern«, erwidert sie gelassen.

Mit einem Schlag hört das Kribbeln auf. Sie hat mit wenigen Worten eine Menge gesagt. Meine gewagten Träume haben sich in Luft aufgelöst, aber eine eindeutige Abfuhr war es nicht.

»Ich habe immer großen Wert darauf gelegt, mich selbst achten zu können, und deshalb mag ich Menschen, denen ihre Selbstachtung ebenfalls wichtig ist.«

Bemüht, mir meine Enttäuschung nicht anmerken zu lassen, sage ich: »Schön, das zu hören.«

»Mein Haus steht Ihnen immer offen. Ich weiß zwar viel über Sie, aber Sie wissen kaum etwas über mich.«

Randa Sulaiman Mubarak

Anwar wollte so schnell wie möglich heiraten, und mir fiel nichts Gescheites ein, um den Termin hinauszuschieben. Die Feier fand in Frau Gulstans Villa statt, leider ohne meinen Vater, weil er sich nicht wohl fühlte. Es ging ziemlich ruhig zu, dafür war aber das Büfett umso besser. Eingeladen waren die leitenden Beamten aus der Firma und ein paar Geschäftsleute. Ich habe, so gut ich konnte, die glückliche Braut gespielt, und um ehrlich zu sein, habe ich lange gebetet, dass diese Ehe kein Fehlschlag wird. Es ist mein aufrichtiger Wunsch, eine harmonische Beziehung zu unterhalten und mein neues Leben zu meistern. Ich verspüre zwar keine starke Zuneigung zu meinem Mann, aber Widerwillen empfinde ich auch nicht. Meine größte Furcht war, unter den Gästen Alwan zu entdecken, aber er war Gott sei Dank nicht da. Was hätte mein Herz getan, wenn Alwan der Bräutigam gewesen wäre? Mein Leben lang habe ich mir immer nur ihn als meinen Mann vorgestellt, aber die Realität hat ihre eigenen Gesetze. Immerhin habe ich das Gefühl, dass ich vielleicht eines Tages Anwar lieben könnte, das muss fürs Erste reichen.

Der Strom der Besucher reißt nicht ab. Meine Verwandtschaft kommt, um zu gratulieren, aber vor allem tauchen dauernd irgendwelche Männer auf, mit Geschenken beladen. Auch lange nach der Hochzeit geht das so weiter. Abend für Abend stehen wir zum

Empfang bereit, bieten Getränke an und sind aufmerksame Gastgeber. Ich kann diese starren, blasierten Gesichter kaum noch ertragen, und außerdem strengt es mich an, ständig meinen Widerwillen zu unterdrücken und die reizende, höfliche Dame des Hauses zu spielen.

Als ich Anwar frage, warum er mit so vielen Geschäftsleuten befreundet ist, erwidert er unverblümt: »Weil sie unsere Zukunft sind.«

»Wieso?«

»Was ich zur Zeit tue, ist vielleicht in den Augen eines jungen Beamten erstrebenswert, aber für mich hat es praktisch keinen Wert. Eine wirkliche Perspektive hat man nur in der Privatwirtschaft, wo man spielerische Fähigkeiten und Intelligenz beweisen muss und von Klasse zu Klasse aufsteigen kann. Also sei nett zu ihnen.«

Dann sind das alles Arbeitsbesuche! Das gefällt mir überhaupt nicht. »Aber hast du mir nicht immer zu verstehen gegeben, dass du finanziell abgesichert bist?«

»Im Prinzip stimmt das. Nur dass sich angesichts der ständig steigenden Preise niemand in Sicherheit fühlen kann.«

Bei jedem Wort wächst meine Niedergeschlagenheit, aber Anwar verkündet ungerührt: »Wenn man sich heutzutage, bei diesen Verhältnissen, nicht ein sagenhaftes Vermögen verschafft, verspielt man sich Gottes Segen.«

»Wozu brauchen wir so viel Geld? Um ein anständiges Leben zu führen, haben wir doch genug?«

»Anständiges Leben? Aber meine Liebe, hier findet ein gnadenloser Wettbewerb statt, und wir stecken mittendrin.«

Das ist plötzlich ein völlig anderer Mensch als der, den ich bisher gekannt habe. Ohne Skrupel mir gegenüber hat er sich als ein Mann entpuppt, der weder Geduld kennt noch Verständnis für andere hat oder gar Rücksicht nimmt. Er erklärt unverblümt: So und nicht anders bin ich, das hast du zu akzeptieren. Nur sein Ehrgeiz zählt, alles andere interessiert ihn nicht. Der Aufstieg nach ganz oben – darum betet er hundertmal am Tag. Und ich existiere bloß in der Rolle, die er mir in seinem großen Plan zugeteilt hat. Dass er mir etwas anderes vorgespielt hat, kümmert ihn einen Dreck.

Er ist wirklich eine kolossale Überraschung für mich, diese Entdeckung hat mich wie ein Blitz getroffen. Der Funke, der Liebe auslösen kann, springt in einem ganz bestimmten Moment über, und der ist vorbei. Alles, was ich empfinde, ist maßlose Enttäuschung. Ich habe mich für nichts verkauft. Ich schäme mich, meine Niederlage zuzugeben. Ich hatte zumindest geglaubt, dass ich für ihn etwas wie ein Ziel darstelle, und nun muss ich entdecken, dass ich einzig und allein einem Zweck diene und außer dieser Funktion keinen anderen Wert habe. Meine Rolle sieht vor, Gäste höflich zu empfangen, mit ihnen zu plaudern und Getränke anzubieten.

Doch es kommt noch schlimmer. Er könne seine abendlichen Termine nicht weiter aufschieben, erklärt er mir, und deshalb solle ich es allein übernehmen, seine Gäste zu empfangen. Ein kräftiges Lachen, und dann sagt er: »Du machst praktisch nur da weiter, wo du in der Firma aufgehört hast – bei der Öffentlichkeitsarbeit.«

»Ich habe mit diesen Leuten nichts gemein«, protestiere ich.

»Das spielt keine Rolle. Wichtig ist, dass du elegant, klug und kultiviert auftrittst. Wir sind Partner, und da muss jeder, wenn es darauf ankommt, den anderen auch mal vertreten.«

Zum ersten Mal fahre ich ihn scharf an. »Ich hätte nie gedacht, dass es hier wie auf dem Markt zugeht!«

»Gewöhn dich dran, je schneller, desto besser.«

Sein Sarkasmus schmerzt mich, alles, was ich mir erhofft habe, stürzt wie ein Kartenhaus zusammen.

Ich sitze also ganz allein in einer Männerrunde. Sie trinken, brechen ständig in schallendes Gelächter aus und benehmen sich hart an der Grenze des Erträglichen. Als einer anfängt, einen schmutzigen Witz zu erzählen, packt mich kalte Wut. »Es reicht!«

Alle starren mich an. »Schluss, es gibt nichts mehr zu trinken!«, sage ich barsch.

»Wieso?«, fragt einer. »Haben wir uns vielleicht nicht anständig benommen?«

»So ist es.«

»Sollen wir etwa gehen?«

»Genau.«

Als der Letzte verschwunden ist, setze ich mich hin und warte. Ich fühle mich hundeelend und habe schreckliche Angst.

Gegen Mitternacht kehrt Anwar in bester Laune heim, aber kaum sieht er, dass ich allein bin, fällt die Heiterkeit von ihm ab. »Ist alles in Ordnung?«

»Nichts ist in Ordnung. Ich dachte immer, dass das eine Wohnung und keine Kneipe ist.«

»Was ist passiert?«

»Kurz gesagt, ich habe sie hinausgeworfen. Was du davon hältst, ist mir egal.«

Er lässt sich in den Sessel gegenüber fallen. Eine Weile sagt er nichts, dann murmelt er: »Der ganze stolze Bau zusammengekracht.«

»Über den Köpfen von lauter Schurken!«

»Jetzt ist alles aus.«

Wütend fahre ich ihn an: »Kannst du nicht verstehen, oder willst du nicht?«

»Ich hatte mehr Verständnis von dir erwartet …«

Seine Ruhe bringt mich nur noch mehr auf. »Stimmt, ich verstehe dich überhaupt nicht«, schreie ich ihn an. »Du bist mir völlig fremd.«

»Es handelt sich um ein reines Missverständnis.«

»Ach, ja?«

»Ich habe dich falsch eingeschätzt.«

»Du widerlicher Kerl, du!«, brülle ich los.

Er hebt die Hände, als wolle er mich ermahnen, mich besser zu beherrschen. »Nein, nein, nein, mit diesem Vokabular fangen wir erst gar nicht an. In meinem ganzen Leben habe ich es nicht benötigt, und zwar einfach deshalb, weil ich mir jeden Anfall von Wut versage.«

»Na und? Meinst du, das spricht für dich? Im Gegenteil!«

»Beruhige dich, bitte. Gut, es ist ein Fehler passiert, aber das kann man alles wieder in Ordnung bringen.«

»Ohne mich, ich gehe«, erkläre ich mit aller Entschiedenheit.

»Wozu die Eile? Warte ab, bis morgen früh.«

»Ich bleibe keine Minute länger in dieser Wohnung.«

»Tu, was du willst, aber ich sehe wirklich nicht ein, warum du dich so aufregst.«

Muchtaschimi Zajid

Wahrlich, Gott liebt nicht die Bedrücker. Guter Mann, was ist das nur wieder für ein Beschluss? Am fünfzehnten Mai verkündest du eine Reform, und am fünften September ist sie schon wieder abgeschafft? Steckst alle möglichen Ägypter – Moslems, Kopten, Parteimitglieder, Intellektuelle – ins Gefängnis? Wenn bloß noch Opportunisten frei herumlaufen dürfen, dann gnade dir Gott, Ägypten! *Wer in dieser Welt mit Blindheit geschlagen ist, wird in der andern Welt noch blinder sein und seinen Weg nicht finden.*

Ich erinnere mich noch gut an den Tag, als das Volk Saad Zaghluls Wohnhaus zum »Haus der Nation« erklärte, während die Opportunisten zum Palast rannten und scheinheilig ihre Loyalität versicherten. Guter Mann, warum führst du noch Mal dieses alte Stück aus dem Repertoire der ägyptischen Tragödien auf? O ja, ich erinnere mich gut an die schwarze Zeit der Despotie. Die März-Revolution 1919 – war das ein Traum, eine Legende? Stärke beweist nicht der, der seine gestürzten Gegner erniedrigt, sondern der, der selbst im größten Zorn die Selbstbeherrschung nicht verliert. Was mag die Zukunft wohl bringen?

Gestern verlor ich meinen ältesten und einzig verbliebenen Freund. Vor fünfundsiebzig Jahren haben wir uns kennen gelernt, am Tag der Einschulung. Wären da nicht die Gebrechen des Alters und die miserablen Verkehrsmittel, wir hätten uns ... Ach, was bringt das noch! Aber ich war fest entschlossen, an der Beerdigung teilzunehmen. Ein ähnlich beschwerliches Unternehmen wie die Pilgerfahrt. Alwan hat mich begleitet, sodass ich mich auf ihn stützen konnte. Während der Trauerfeier lief ein ganzer Film vor meinem inneren Auge ab: die Schule, meine Straße, das Café, die Kneipe, die Studentenkomitees, Hochzeiten, Geburtstage ... Ich sehe das Gesicht meines Freunds vor mir, erinnere mich an sein Lächeln. ›Kennst du schon den neuesten Witz?‹ Klagen über das Schicksal. Wir waren uns immer einig, nur nicht beim Fußball. Nationalmannschaft oder der Zamalek-Klub, das gab ständig Streit. Ratschläge wie: ›Trink gleich morgens, auf nüchternen Magen, ein Glas Wasser!‹ Oder: ›Lass dir was gegen Vergesslichkeit verschreiben!‹ Nun ja, über diesen fünften September kannst du keinen Kommentar mehr abgeben, aber ich weiß, was du getan hättest, nämlich den Koran rezitiert: *Jede Seele wird den Tod schmecken.*

Nicht mehr lange, und der Tod kommt mit listigem Lächeln und nimmt neben mir Platz. Brauchst dich nicht zu beeilen, es bleibt nur noch ein einziger Schritt. Der Tod meines alten Freundes war die Generalprobe für meine Abschiedstunde. Ich sehe alles vor mir: die Waschung, die Beerdigung, die Trauergäste. Ich lese die Todesanzeige: Muchtaschimi Zajid, Lehrer a. D., der in seiner Jugend an der Nationalen Bewegung teilnahm. Ich höre die Gespräche. ›Erinnerst du dich an ihn?‹ ›Ich dachte, der sei längst tot!‹

Langsam, aber stetig greift die Vergesslichkeit nach mir; ich habe dagegen nichts einzuwenden. Das ganze lange Leben scheint nur aus einem einzigen, flüchtigen Augenblick zu bestehen. Es gab alles: Liebe, Gewalt, Zorn, Hoffnung und viele Freunde. Es macht keinen Unterschied, ob du, mein Freund, im Sarg ruhst und ich hinter ihm einherschreite, es könnte auch umgekehrt sein. Mit welcher Herzlichkeit sein Sohn mich begrüßt hat! Sein Vater habe ihn auf dem Sterbebett gebeten, mich, den alten Freund, ein letztes Mal zu grüßen.

Abends machte mir mein Sohn Fawwaz bittere Vorwürfe. »Jeder hätte verstanden, dass du, in deinem Alter, dieser Pflicht nicht mehr nachkommst.«

Dem Himmel sei Dank, dass Hana auf ein anderes Thema zu sprechen kam. Sie hat ein Buch gekauft, das, wie sie sagte, seinen Preis wert sei. »Reparaturen im Haushalt, leicht gemacht« lautet der Titel. Da könne man sich jetzt den Klempner und den Elektriker sparen, meinte sie.

»Gibt es kein Buch, wie man sich von den Regierenden befreit?«, fragte Alwan.

»Alle Welt spricht nur noch von den vielen Verhaftungen.«

»Meine Professorin, Frau Alja, und mein Freund Machmud al-Machruki sind auch darunter!«

Ich versuchte, die Wogen zu glätten. »Man hat faire Prozesse versprochen, damit kein Unschuldiger ins Gefängnis kommt.«

»Ach, Großpapa, glaubst du immer noch solchen Lügen?«

Alwan hat nur sein Kummer vor dem Gefängnis gerettet. Er war mit seinen Problemen so beschäftigt, dass er für nichts anderes mehr Zeit hatte. Was tun mir diese armen Menschen Leid, die im Gefängnis gelandet sind.

Als ich mit Alwan allein war, sagte ich: »Ich hoffe, dass du deine Krise standhaft überwindest, so wie ich es von dir kenne.«

»Je mehr Unglück, desto geringer der Schmerz. Man gewöhnt sich daran«, spottete er. Dann stand er auf, schaltete den Fernseher ab und setzte sich neben mich. »Ich möchte dir ein Geheimnis verraten, Großvater«, flüsterte er, und als ich ihn neugierig ansah, fuhr er fort: »Es gibt vielversprechende Anzeichen dafür, dass man an mich die Bitte heranträgt, die Schwester von Anwar Allam zu heiraten.«

»Im Ernst? Wieso? Erzähl mir alles!«

»Sie ist Witwe und zwanzig Jahre älter, aber dafür sehr reich.«

»Und wie sieht sie aus?«

»Ach, Großpapa, du stellst sie dir bestimmt ganz falsch vor. Was das Äußere betrifft, das ist durchaus akzeptabel, und ansonsten genießt sie großen Respekt.«

Ich schwieg überrascht.

»Nun los, sag etwas«, drängelte Alwan.

Ich trat die Flucht nach vorne an. »Da es sich um eine sehr persönliche Angelegenheit handelt, solltest du darüber ganz allein entscheiden.«

»Aber ich will wissen, was du davon hältst.«

»Liebst du sie?«

»Nein, aber sie ist mir auch nicht unangenehm.«

»Ich weiß nicht, was ich dir raten soll.«

»Irgendeine Meinung hast du doch bestimmt.«

»Ich habe nicht das Recht, in das Schicksal dieser Frau einzugreifen. Ich gehöre einer anderen Welt an, und es ist nicht klug, sich in eine fremde Welt einzumischen.«

»Aber du hast dich noch nie vor etwas gedrückt!«

Ich schwieg kurz, dann sagte ich: »Es gibt nicht zu unterschätzende Vorteile und genauso beträchtliche Nachteile. In deiner Lage sind die finanziellen Vorteile wahrscheinlich wichtiger als die Nachteile.«

Seine Antwort kam wie aus der Pistole geschossen: »Ich verkaufe mich doch nicht!«

Erleichtert atmete ich auf, trotzdem fragte ich ihn: »Hast du dir das auch gut überlegt?«

»Sehr gut sogar.«

»Ich werde zu Gott beten«, murmelte ich gerührt, »dass er dich für deinen Entschluss nur mit Gutem belohnt.« Doch in meinem Innern flehte ich: ›Beschere uns ein Wunder, Sidi al-Hanafi.‹

Alwan Fawwaz Muchtaschimi

Ich wollte mich auf den Weg ins Büro machen, da rief mich mein Großvater. »Hast du schon gehört? Randa hat sich scheiden lassen.«

Vor lauter Verblüffung überlief es mich heiß. »Sie sind doch noch in den Flitterwochen!«

»Deine Mutter hat es mir heute früh erzählt.«

»Aber wie kann das sein?«

»Nun ja, wenn zum Beispiel ein harmonisches Zusammenleben nicht möglich ist.« Er zögerte, dann fügte er hinzu: »Ich wollte, dass du es weißt und nicht im Büro davon überrascht wirst.«

Vor lauter Aufregung achtete ich kaum auf den Weg. Ich war traurig, und gleichzeitig freute ich mich. Als ich in den Raum kam, sah ich Randa. Sie machte einen sehr deprimierten Eindruck, und diese Stimmung breitete sich im ganzen Büro aus. Ich reichte ihr die Hand und stotterte: »Ich wollte dir sagen ...«

»Danke.«

»Das hast du nicht verdient, meine ich.«

»Nochmals danke, das reicht.«

Es wurde getratscht und geklatscht, natürlich nur, wenn Randa nicht im Raum war. Wenn ein Mann so spät heiratet, meinten die einen, muss das ja schief gehen. Unsinn, sagten andere, der Mann ist schwul, seht euch doch bloß mal seine Handbewegungen an. Es gab sogar die Theorie, dass Anwar Allam eine intime Beziehung zu seiner Schwester unterhält. Wieder andere behaupteten, dass Randa zwar ganz hübsch, aber total frigide sei. Ich litt still vor mich hin. Ach, Randa, ich liebe dich immer noch, vielleicht sogar noch mehr als vorher. Es macht mich traurig, dass du gescheitert bist. Mit meinem ganzen Herzen fühle ich, wie sehr dich dein verletzter Stolz schmerzt.

Ich wollte herausfinden, was passiert war. Vielleicht war Anwar Allam bereit zu sprechen. Ich ging in sein Büro, erklärte ihm, wie Leid es mir tut. Er lächelte spöttisch und speiste mich mit einem kurzen »Danke« ab. Im gleichen Moment wurde mir klar, dass er an meiner Aufrichtigkeit zweifelt. »Sie tun mir beide Leid«, setzte ich nochmals an.

»Es gibt nichts ›Leid zu tun‹«, erklärte er kühl und beschäftigte sich mit den Papieren auf dem Schreibtisch.

Frau Gulstan ruft an und lädt mich ein. Ohne zu zögern, nehme ich die Einladung an. Ich bin mir ziemlich sicher, dass sie die Hintergründe kennt und mir alles erzählt.

Sie ist herausgeputzt wie eine Braut. »Brauchen Sie extra eine Einladung, um mich zu besuchen?«, spaßt sie, wenn auch mit unüberhörbarem Vorwurf.

»Ich wollte Sie nicht stören.«

»Sie wissen selbst, dass das keine besonders gute Entschuldigung ist.«

Sie bietet mir Nusseis an, dann sagt sie: »Ich habe eine gute Idee.«

Ich schaue sie erwartungsvoll an.

»Mein Bruder ist zurzeit sehr mit seinen eigenen Angelegenheiten beschäftigt, und da habe ich mir gedacht, dass Sie sich vielleicht um meine finanziellen Dinge kümmern könnten.«

Ich bekomme einen Schreck, habe das Gefühl, am Rand eines Abgrunds zu stehen. »Das würde Ihrem Bruder bestimmt nicht gefallen.«

»Es war sein Vorschlag.«

»Geben Sie mir etwas Bedenkzeit, ich spiele nämlich mit dem Gedanken, den Magisterabschluss nachzuholen.«

»Es handelt sich um eine einfache Arbeit, viel Zeit und Mühe braucht es nicht, wichtig ist nur, dass ich jemanden habe, der zuverlässig und ehrlich ist.«

»Trotzdem wäre es mir lieb, wenn Sie mir ein wenig Zeit einräumen würden.«

Plötzlich fängt sie an, über ihre Vergangenheit zu reden. »Ich war in meiner Ehe nicht sonderlich glücklich. Mein Vater hat mich einen Mann heiraten lassen, der dreißig Jahre älter als ich war. Trotzdem bin ich ihm immer eine gute und treue Ehefrau gewesen, und mein Ruf ist bis auf den heutigen Tag untadelig.«

Verzweifelt ringe ich mir die Antwort ab: »Sie sind der Inbegriff von Würde und Anstand.« Um auf das zu kommen, was mich am meisten interessiert, füge ich hinzu: »Genau wie Herr Anwar. Es ist ein Jammer, dass er so wenig Glück hat.«

Sie schaut mich misstrauisch an. »Meinen Sie ihn oder seine Ehe?«

»Was geschehen ist, ist geschehen, und damit basta!«, halte ich dagegen.

»Ach, wirklich?«

»Aber ja, das ist schlicht und einfach die Wahrheit.«

»Wenn es so ist, dann lassen Sie uns die Sorgen der anderen vergessen und lieber über unsere eigenen Angelegenheiten reden.«

Ich stecke in der Falle. Was soll ich bloß sagen?

»Sie wissen genauso gut wie ich, was ich meine.« Mit der Direktheit, die ich von ihrem Bruder kenne, fährt sie fort: »Ich habe immer auf einen tadellosen Ruf geachtet, aber es ist mein gutes Recht, glücklich sein zu wollen.«

Um die Situation nicht noch peinlicher zu machen und endlich etwas zu sagen, erkläre ich: »Ich bewundere die Logik Ihrer Überlegungen.»

Sie lächelt mich zärtlich an. »Sie werden es nicht bereuen. Ich warte auf Ihre Antwort.«

Randa Sulaiman Mubarak

Bestürzte Blicke hier, hilflose dort und schließlich auch verzweifelte. Meine Augen wanderten von meiner Mutter zu meinem Vater, sie starrte ihn an, und jeder versuchte den Eindruck zu erwecken, er schaue überhaupt niemanden an.

Als meine Mutter mich zu so später Stunde in die

Wohnung treten sah, wich alle Farbe aus ihrem Gesicht. Nun war sie genauso bleich wie ich. Um meinen Vater nicht zu wecken, flüsterte sie: »Um Gottes Willen, Randa! Was ist passiert?«

Wir standen mitten in der Diele, und ohne mich von der Stelle zu rühren, brach es aus mir heraus: »Ich lass mich scheiden!« Dann begann ich, ihr nach und nach die Einzelheiten zu erzählen. Meinen Vater ließen wir schlafen. Wir wollten ihn erst am Morgen, nach dem Frühstück, einweihen.

»Wir passen einfach nicht zusammen«, meinte ich nur und überließ es meiner Mutter, ihm von den Besuchern und den Trinkgelagen zu berichten. Vaters Gesicht wurde rot vor Zorn, und um ihn zu beschwichtigen, ermahnte ich ihn, an seine Gesundheit zu denken. Voller Hass stieß er aus: »Wäre ich kräftig genug, würde ich ihm Benehmen beibringen!«

»Das ist nicht nötig, er sieht jetzt alles ein.«

»Warum hast du ihn nicht früher durchschaut?«

»Jeder Mensch hat dunkle Seiten, die man nicht auf Anhieb erkennt. Ich gebe ja zu, dass ich mich getäuscht habe.«

»Wir sollten einen Anwalt nehmen.«

Ich sah ihn flehend an. »Bitte nicht, dann weiß bald jeder von dem Skandal. Er wird keine Schwierigkeiten machen und mir alles geben, was mir zusteht.«

»Bei einer Scheidung nach so kurzer Ehe werden die Leute sich das Maul zerreißen.«

»Aber Papa, ich weiß doch, was ich wert bin. Sicher gerät die Sache bald in Vergessenheit.«

Obwohl mich die Kollegen im Büro in Ruhe ließen, spürte ich, dass sich alle mit mir und meiner Situation beschäftigten. Wenn mich überhaupt einer aufgeregt hat, dann Alwan. Wir waren zufällig allein im Büro. Er nutzte die Gelegenheit und sagte: »Ich bin schrecklich traurig.«

»Warum?«, fragte ich kühl.

»Vielleicht weil ich Schuldgefühle habe.«

»Du hast damit überhaupt nichts zu tun.«

Er schaute weg und sagte leise: »Ich liebe dich noch immer.«

»Ein für alle Mal, ich will das nicht mehr hören!«, fuhr ich ihn an.

Allmählich ist mir alles zuwider, selbst meine Wut. Alwan tut mir genauso Leid wie ich mir selbst. Das Einzige, was mich manchmal noch beschäftigt, ist, wie es mit ihm und Frau Gulstan weitergehen wird. Ob er sie tatsächlich heiratet? Warum nicht? Vielleicht ist sie anders als ihr Bruder? Ich habe noch nie gehört, dass jemand schlecht von ihr redet. Kein Zweifel, sie will ihn haben. Verdammt, sie liebt ihn. Wer hätte je gedacht, dass wir uns trennen würden? Wer hätte geglaubt, dass all die großen Träume sich in Nichts auflösen?

Neulich, ich wollte gerade das Büro verlassen und nach Hause gehen, murmelte Alwan: »Ich muss unbedingt mit dir reden.«

Weil ich nichts lieber als das getan hätte, biss ich mir auf die Lippen und schwieg wie ein Grab.

Aber wie es so ist, nun sitzen wir trotzdem hier, in unserem »Rasthaus«. Wir bestellen ein paar Sandwiches, trinken Tee und starren uns reichlich idiotisch an.

»Was hast du jetzt vor?«, fragt Alwan.

»Ich habe keinen Plan, keine Träume, es ist die reinste Erholung.«

»Mir geht es auch so, aber mein Großvater sagt, dass …«

»Lass mich bloß mit deinem Großvater und seinen Sprüchen in Ruhe! Das nützt weder mir noch dir. Übrigens, wann heiratest du denn nun Frau Gulstan?«

Er runzelt verärgert die Stirn. »Wer behauptet das?«

»Man wird ja noch fragen dürfen.«

»Ich verkaufe mich nicht.«

»Ach so! Du meinst, ich hätte mich verkauft?«

»Aber nein«, erwidert er hastig. »Für eine Frau ist es völlig normal, wenn sie einen älteren Mann heiratet, bei einem Mann sieht das anders aus.« Er sieht mich lange und nachdenklich an, dann fragt er: »Warum ist deine Ehe gescheitert?«

Ich würde furchtbar gern mit ihm darüber reden, er ist der Einzige, dem ich mein Herz ausschütten möchte. »Versprichst du mir, keiner Menschenseele etwas zu sagen?«

»Ich gebe dir mein Ehrenwort.«

All das, was ich an Schmach und Schande mit mir herumgetragen habe, bricht aus mir heraus.

»Dieser Schuft!«, zischt Alwan empört.

»Lass es gut sein, ich will mich nicht mehr aufregen. Aber vergiss bitte nicht dein Versprechen.«

»Das ist wirklich unvorstellbar!«

»Es gibt Schlimmeres im Leben.«

Muchtaschimi Zajid

In meinen Träumen sehe ich oft meine Eltern und meine Schwester Mahasin. Einmal habe ich sie in einem Ballon über meinem Kopf schweben sehen. Ist die Zeit des Abschieds gekommen? Soll der alte Mann dem Staat die Pension ersparen? Gesundheitlich geht es mir gut, trotz der neidischen Blicke von Sulaiman Mubarak. Aber Gesundheit kann zum Gebrechen werden – wahre Worte des Gottgesandten. O Herr, schon wartet Dein Diener. Er ist darauf gefasst, dass es läutet, und öffnet er dem Gast die Tür, wird er ihn mit geziemender Demut und Herzlichkeit empfangen. Schenke mir ein freundliches Ende, Herr, erspare mir Schmerz und Gebrechlichkeit. Habe Dank für dieses lange, erfüllte Leben. Halte es mir zugute, dass ich in dieser von Kränkungen und Verletzungen reichen Welt nie jemandem Schaden zugefügt habe. Und habe ich in der

Jugend den Wirrnissen nicht immer getrotzt, so wandelte ich auf meine alten Tage auf dem Weg, den Deine Worte, Deine Propheten und Deine Heiligen mir zeigten. Meine tägliche Übung – der Dienst an Dir. Meine Erheiterung – das Singen Deiner Worte. Meine Freude – das Essen erlaubter Speisen.

Nun ist das Fest gekommen, geschmückt vom Tau des Herbsts. Über die dunklen Fluten des Nils und die großen, immergrünen Bäume ziehen weiße Wolken. Für einige wenige Tage ist diese zerrissene Familie beisammen. Fawwaz macht es sich, bekleidet mit der Galabija, gemütlich, Hana kämmt ihr graues Haar. Alwan rasiert sich und wird gleich ausgehen. Voller Freude schaue ich einen nach dem anderen an. »Endlich sind wir mal eine richtige Familie.«

»Ein Tropfen Erholung in einem Meer von Mühe und Plage«, dröhnt Fawwaz mit seiner lauten Stimme.

»Wären die Zeiten anders, könnten wir einen Ausflug in die Kanatir-Gärten machen.«

»Heutzutage ein geradezu verrückter Einfall.«

Hana lacht. »Alles, was uns vom Fest bleibt, sind Essen und Schlafen.«

»Und du, Alwan? Wo gehst du hin?«

»Ins Café.«

»Das übliche Geschwätz«, sagt Fawwaz und verzieht den Mund.

»Übrigens findet heute eine Parade statt, anlässlich des Jahrestags des Sieges im Oktober 73«, erinnere ich.

»Des Siegs und des Gefängnisses«, spottet Alwan.

Ich will mir meine gute Laune nicht verderben lassen. »Glaub mir, nichts bleibt, wie es ist. Irgendetwas Neues kommt bestimmt.«

»Ach, wirklich? Hoch lebe die Geduld, hoch lebe die Gnade des Wartens!«

»Vielleicht entdeckt man irgendwo eine Ölquelle oder einen Fluss in der Wüste«, sinniert Fawwaz.

»Oder es bricht eine Revolution aus.«

»Aber würde eine Revolution nicht noch mehr Zerstörung bringen?«, fragt Fawwaz belustigt.

»Besser einäugig, als mit Blindheit geschlagen«, entgegnet Alwan sarkastisch.

Sie reden über Revolution und haben keine Ahnung. Der angeheuerte Märchenerzähler erzählt nichts als verlogene Geschichten. Da steht so ein hilfloser Lehrer vor der Klasse und stellt die heuchlerische Frage: Warum ist die Revolution von 1919 gescheitert? O ihr Satansbrut, habt ihr denn alle Scham verloren? Zu Schergen in Konzentrationslagern seid ihr verkommen, zu Neros willigen Dienern.

Alwan winkt uns zu. Er zieht dahin, beladen mit schwerer Enttäuschung – seiner eigenen und der seiner Generation.

Hana schaltet den Fernseher ein. »Wir könnten uns doch die Parade ansehen, oder?«

Freude über Freude, Jubel. Der Präsident trifft ein, umgeben von einem Glorienschein, als wär's die Nacht der göttlichen Botschaft. Er trägt die Uniform des Oberbefehlshabers, und in der Hand hält er das Königszepter. Scharen von Honoratioren folgen gemessenen Schritts.

»Wie eitel er ist, am meisten gefällt er sich selbst«, sagt Hana.

»Das ist ja heute auch sein Tag«, erwidere ich.

»Er ist glücklich, und das hat er verdient«, meint Fawwaz, und nach kurzem Zögern fügt er bedrückt hinzu: »Allerdings hat sein Ansehen seit der Verhaftungswelle im September gelitten.«

Am Himmel und auf der Erde pfeift und dröhnt es, dem Auge bietet sich ein seltenes Schauspiel. »Früher haben wir die Armee nur am Tag der Mekka-Fahrt gesehen.«

»Aber Vater, wir leben doch heute in einer ganz anderen Zeit.«

Hana lacht. »Wieso ist er so rot im Gesicht? Sieht ja aus, als hätte er Rouge aufgelegt.«

Die Truppeneinheiten marschieren vorbei, die Zeit zieht sich in die Länge. Ich werde ein wenig müde und nicke ein. Aber plötzlich schrecke ich auf. Etwas muss geschehen sein. Ich spüre den Hauch des Schicksals. Etwas Großes vollzieht sich. Ich werde zum Augenzeugen eines historischen Ereignisses, muss die Nachricht nicht wie üblich der Zeitung entnehmen. Hier, in diesem Wohnzimmer, findet es statt. Auf dem Bildschirm flackert und flimmert es, schließlich erscheinen Streifen.

Stimmen sind zu hören, Schreie und Rufe, und dann ist alles dunkel. »Ist der Fernseher kaputt, Fawwaz?«

»Der Apparat ist in Ordnung, ich weiß nicht, was los ist.«

»Irgendetwas ist passiert«, sagt Hana beunruhigt. »Ich habe ein ungutes Gefühl.«

»Ich auch«, meint Fawwaz.

»Ist etwa …?«, frage ich verstört.

»Das kann nur Gott wissen, Vater. Bestimmt erfahren wir gleich alles.«

Aus tiefstem Herzen seufze ich: »Möge Gott mit uns und nicht gegen uns sein.«

Alwan Fawwaz Muchtaschimi

Nun denn, feiern wir den Festtag und vergessen wenigstens für ein Stündchen alle Sorgen. Aber wie feiert man? Wie soll man die Tür öffnen, wenn es hundert Schlüssel gibt? Vielleicht verrät es der Nil oder die hohen Bäume? Hör gut zu, sie flüstern: Armer, verzweifelter Alwan, du steckst in der Falle. Randa redet wieder mit dir, aber nur als Freundin. Eine Liebe, die verschwiegen werden muss, die auf Verzweiflung gebaut ist, über der der Schatten dunkler Träume liegt. Auch ohne Widerstand der Familie ist die Lage verzweifelt und hoffnungslos. Los, bleib im Schritt, marschiere, denn heute ist der Tag des Militärs.

Natürlich ist das Café überfüllt, Schöngeister in Hülle und Fülle. Alle schimpfen, und keiner unternimmt etwas. Irgendjemand hat ein Kofferradio mitgebracht, und nun steht es auf dem Tisch und dudelt vor sich hin. Damals, im Juni 1967, als der Präsident die Niederlage bekannt gab, stand ebenfalls ein Radio auf dem Tisch. Hier hörte ich auch zum ersten Mal den Satz, dass der verstorbene Präsident in seiner Niederlage mehr Größe bewies als der neue bei seinem Sieg.

Etwas Ähnliches sagt auch Großvater, nämlich dass wir ein Volk seien, das sich bei Niederlagen wohler fühlt als bei Siegen. Und da wir viele Niederlagen erlitten haben, sei die Schwermut tief in unseren Seelen verwurzelt. O ja, wir lieben traurige Lieder, Tragödien und Märtyrer. Alle unsere Führer waren in irgendeiner Weise Märtyrer: Mustafa Kamil – ein Märtyrer des Kampfs und der Krankheit, Mohammed Farid und Saad Zaghlul – Märtyrer des Exils, Mustafa an-Nahhas – ein Märtyrer der Verfolgung, Gamal Abdel Nasser – ein Märtyrer des fünften Juni. Die einzige Ausnahme scheint dieser selbstgefällige Sieger zu sein. Sein Triumph bringt uns aus dem Tritt, denn auf einmal müssen wir uns auf Gefühle und Empfindungen einstellen, auf die wir nicht vorbereitet sind. Wir sollen die Melodie verändern, die seit Generationen in unseren Herzen schwingt. Er selbst heimst die Früchte des Siegs ein, und uns beglückt er mit einer Wende, die uns in Armut und Elend ersticken lässt. Dafür verdient er es, gehasst und verflucht zu werden.

Es geht hoch her, ein Argument jagt das andere, und im Hintergrund schnarrt der Radioreporter seinen Bericht über die Parade herunter. Nun gut, ich habe genug Zeit vertrödelt, der Aufbruch naht. Aber da, was ist das? Plötzlich überschlägt sich die Stimme des Reporters, seltsame Laute sind zu hören. Er schreit: »Verrat! Verrat!«

Alle halten den Atem an, jeder versucht, möglichst nahe ans Radio zu kommen. Da wird die Sendung abrupt unterbrochen, und binnen einer Minuten ist nur noch Musik zu hören.

»Was war das?«

»Sehr seltsam.«

»Warum hat er andauernd ›Verrat‹ geschrien?«

»Ein Attentat?«

»Auf wen?«

»Blöde Frage.«

»Die Lieder, die sie spielen …«

»Seltsame Logik.«

»Nun seid doch mal still, und habt Geduld!«

Keiner will mehr nach Hause gehen. Angesichts des Ungewissen, das sich da drohend aufbaut, hält man lieber zusammen. Ein Teller Makkaroni muss als Mittagessen reichen, und dann sitzen wir da und warten. Unsere Geduld wird auf eine harte Probe gestellt, aber schließlich kommt die Meldung: Es habe einen Attentatsversuch auf den Präsidenten gegeben, der aber fehlgeschlagen sei. Der Präsident habe die Parade vorzeitig verlassen, die Sicherheitskräfte sorgten für Ruhe und Ordnung. Nach der Meldung werden wieder Lieder gesendet.

»Nun wissen wir's.«

»Was wissen wir?«

»Denk nach!«

»Bestimmte Fakten kann man nicht einfach vertuschen.«

»Aber man kann sie erst später bekannt machen.«

»Wer könnten die Attentäter sein?«

»Na, sicher welche von diesen Glaubenskriegern.«

»Aber er wurde doch bewacht? Es gab jede Menge Sicherheitskräfte und Soldaten.«

»Ruhe, seid still! Im Radio spielen sie die Nationalhymne.«

Tatsächlich, und gleich darauf erklärt ein Sprecher, dass der Präsident leicht verletzt sei und im Krankenhaus behandelt werde. Unsere Gesichter strahlen. Die Möglichkeit, dass sich etwas ändert, wird immer wahrscheinlicher. Die Zeit steht für einen Moment still, sie hat ihren Rhythmus gewechselt.

»Nun gut, der Kerl ist verwundet, und weiter?«

»Packt schon mal ein paar Sachen fürs Gefängnis zusammen.«

»Garantiert gibt es eine neue Welle von Terrorismus.«

»Er wird überleben und Rache nehmen.«

»Wenn sie anfangen, den Koran zu rezitieren, wissen wir Bescheid.«

Die Zeit vergeht bleiern, aber die anderen reißen schon wieder Witze. Doch dann – Koranverse! Alle sind sprachlos, es ist also tatsächlich wahr. Der Kerl ist tot? Unglaublich, wer hätte das gedacht! Warum meint man, dass bestimmte Dinge niemals eintreten werden? Warum glauben wir, dass es neben dem Tod noch eine andere Macht gibt? Der Tod ist der wahre Diktator.

Die offizielle Erklärung setzt den Schlusspunkt. Wie reagieren die Leute? Ich stehe auf, gehe von einem Tisch zum andern und spitze die Ohren: Da ist keine Macht noch Stärke außer bei Gott ... Gott der Herr ist der einzig ewig Währende. Das Land gerät in eine gefährliche Situation. Was immer er auch für Fehler gemacht haben mag, dieses Ende hat er nicht verdient. Unglaublich, am Jahrestag seines Siegs. Ein Komplott, eine genau geplante Verschwörung, so viel steht fest. Zum Teufel mit ihm! Der Tod hat ihn vor dem Wahnsinn gerettet. Er hätte sich ohnehin verabschieden müssen. Wer geglaubt hat, in diesem Land herrscht Friedhofsruhe, ist jetzt eines Besseren belehrt. Unsinn, die Drahtzieher sitzen im Ausland. Nein wirklich, das hat er nicht verdient. So musste es ja kommen. Ein Fluch fürs Land war er. Der Mörder wird es mit dem Leben bezahlen müssen. Ein ganzes Imperium ist zusammengebrochen. Genau, und zwar das der Diebe und Räuber. Was wird diese ganze Mafia jetzt machen?

Ich kehre zurück an meinen Platz. Die widersprüchlichsten Gefühle beherrschen mich – Angst, Verzweiflung, Freude. Fieberhaft stelle ich mir vor, was die Zukunft bringen wird, eine Zukunft, die sich von der vagen Hoffnung nährt , dass nach der Lethargie ein neuer Aufbruch kommt. Schlimmer als das Heute kann das Morgen nicht werden. Jedes Chaos ist dieser lähmenden Verzweiflung vorzuziehen. Selbst wenn es nur einen Kampf gegen Phantome gäbe, wäre das besser, als ständig mit der Angst zu leben. Eine Festung wurde erstürmt, ein Thron ins Wanken gebracht.

Es ist Abend geworden, das lärmende Durcheinander der Stimmen zerrt an den Nerven. Das Einzige, was mir jetzt helfen kann, ist ein langer Spaziergang. Ich schlendere ziellos umher, schaue mir die Gesichter der Passanten an: Sie sind von diesem Mord gezeichnet. Ohne dass ich es will, stehe ich plötzlich vor Frau Gulstans Villa. Das Auto von Anwar Allam parkt auf der Straße. Auf einmal überfällt mich eine unbändige Gier nach einer Frau … und die Lust zu töten.

Randa Sulaiman Mubarak

Entsetzlich! Wie kann man so etwas Schreckliches tun? Ist denn Mord das einzige Mittel? Welche Schuld haben seine Frau und seine Töchter auf sich geladen, dass sie jetzt so leiden müssen? Ich stand weiß Gott nicht auf seiner Seite, aber dieses Ende hat er nicht verdient. Das Verbrechen hat mich aufgeschreckt, ich wende mich wieder der Gesellschaft zu, nachdem ich so lange mit meinen eigenen Problemen beschäftigt war. Mord ist grauenhaft und eine schwere Schuld vor Gott.

Meine Mutter, die mit Politik nichts im Sinn hat, weint, und die Stimmung ist noch viel bedrückter als vorher. Ich will wissen, was mein Vater über dieses Verbrechen denkt.

»Meine Meinung? Wozu? Davon wird der Tote nicht wieder lebendig.« Er sieht mich mit seinen müden Augen an. »Das Land ist mit Fanatismus verseucht, Randa. Vorbei sind die Tage, da man noch sagen durfte, warum man nicht an Gott glaubt. Sie wollen die Zeit um vierzehn Jahrhunderte zurückdrehen.« Er schweigt eine Weile, dann fügt er hinzu: »Ich weiß, dass du mit mir nicht einer Meinung bist, also tu das, was du für richtig hältst. Aber in einem Punkt stimmen wir überein, wir beide lehnen Mord ab.«

Zumindest darüber sind wir uns also einig. Ach, Alwan, wo magst du jetzt stecken? Ich weiß, dass du diesen Mann nicht gemocht hast, freust du dich nun?

Es läutet, und plötzlich stürmt Alwan herein. Dass er es wagt, nach so langer Zeit wieder unsere Wohnung zu betreten, zeigt mir, wie aufgewühlt er ist. Wir setzen uns in die Diele, an den Esstisch. »Wo warst du, als es geschah?«, frage ich aufgeregt.

»Das spielt im Augenblick keine Rolle, es ist völlig unwichtig. Randa, du musst mir jetzt gut zuhören, es ist etwas Schreckliches geschehen. Ich stand heute Abend plötzlich vor dem Haus von Frau Gulstan, und da Allams Auto in der Straße parkte, musste er bei ihr sein. Ich weiß nicht, warum, aber ich ging einfach hinein, und der Erste, der mir unter die Augen kam, war Allam. Er eilte freudig überrascht auf mich zu, rief, dass ein unverhoffter Besuch schöner als jede Verabredung sei, und ich, ich verlor den Verstand und schrie: ›Du dreckiger Bastard, du!‹ Und dann schlug ich mit voller Wucht zu, und er strauchelte und fiel hin. Dann hörte ich einen Schrei, und da merkte ich, dass Frau Gulstan dastand. ›Schluss, hören Sie auf, sich wie ein Verrückter aufzuführen‹, hat sie mit schneidender Stimme gesagt, und dann hat sie ihm geholfen, wieder auf die Beine zu kommen. Er keuchte, als sie ihn in ihr Schlafzimmer schleppte. Ich stand wie festgenagelt da, unfähig, mich zu rühren. Nach zehn, fünfzehn Minuten kam sie aus dem Zimmer, leichenblass und völlig verstört. ›Was hast du getan, du Wahnsinniger! Du hast ihn umgebracht!‹, lallte sie.

Ich brachte keinen Ton heraus, starrte sie nur an. Ihre Augen standen voller Tränen, sie murmelte: ›Du Wahnsinniger, warum hast du ihn getötet?‹ Sie ließ sich auf einen Sessel fallen, stützte ihren Kopf in den Händen auf. Erst da kam ich wieder zur Besinnung, und im gleichen Moment war mir klar, was ich angestellt hatte. Ich gab mir einen Ruck und sagte, dass sie die Polizei holen soll. Aber da sie sich nicht rührte und ich nur eins wollte, nämlich diese Situation hinter mich bringen, erklärte ich, ich ginge selbst zur Polizei. Sie machte eine Bewegung mit der Hand und flüsterte, dass ich mich hinsetzen soll. Ich hielt es nicht mehr aus, war mit den Nerven völlig fertig, also habe ich gesagt, dass es keinen Sinn hat, länger zu warten.

›Bleib!‹, murmelte sie, ohne mich anzusehen. Und dann flüsterte sie so leise, dass ich sie kaum verstehen konnte: ›Er litt an chronischer Herzschwäche.‹

Ich wusste nicht, was das sollte. Was meinte sie? Ich war misstrauisch, aber gleichzeitig regte sich ein Funken Hoffnung in mir. ›Aber das war doch ich, der …‹, stammelte ich, und da höre ich sie auf einmal ganz ruhig sagen, offenbar war sie wieder imstande, einen klaren Gedanken zu fassen, da höre ich sie also sagen, dass es kein Anzeichen einer äußeren Verletzung gibt.

Ich starrte sie entsetzt an. Verstehst du, Randa, mit diesem Satz hat sie sich praktisch zu meiner Komplizin gemacht. Was für eine Frau! Unter normalen Bedingungen wäre diese Größe nie zutage getreten. Aber bei aller Freude über den Rettungsring, den sie mir zuwarf, wurde ich die Angst des Ertrinkenden nicht los. ›Und der Arzt? Der wird es merken …‹, murmelte ich, worauf sie nur sagte: ›Das lass meine Sorge sein.‹ Wir sahen uns wie zwei Verschwörer an, dann fragte sie: ›Du weißt natürlich, warum ich das alles tue?‹ Ich nickte dankbar und konnte es noch gar nicht glauben, dass ich wirklich gerettet sein sollte. ›Kann ich damit rechnen, dass du ein Mann von Ehre bist?‹ Da habe ich ihr mein Ehrenwort gegeben.«

Je länger Alwan redet, desto verzweifelter werde ich. »Warum erzählst du mir das alles?«, frage ich ihn schließlich.

»Weil wir keine Geheimnisse voreinander haben dürfen, Randa.«

»Da du meinetwegen dieses Verbrechen begangen hast, steht es dir wohl zu, dass du gerettet wirst«, stoße ich bitter hervor.

»Das ist alles, was du zu sagen hast?«

»Ich kann dir ja wohl schlecht raten, dich umzubringen.«

»Nun gut, dann werde ich dir den Rest auch noch erzählen. Denn kaum hatte ich das Haus verlassen, hasste ich mich selbst. Allein schon der Gedanke an die Vereinbarung, der ich zugestimmt hatte, verursachte mir Übelkeit. Der einzige Ausweg war, zu dir zu kommen und dir alles zu erzählen.«

Mitleid überkommt mich. »Alwan, ich kann dich gut verstehen, deshalb mache ich dir auch keinen Vorwurf.«

Er holt Luft, und mit einer Entschlossenheit, für die ich ihn bewundere, sagt er: »Ich werde diesen Handel nicht mitmachen.«

»Das ist Wahnsinn!«

»Und wenn schon.«

»Alwan, es gibt kein zweites Wunder!«, flehe ich ihn an.

»Und wenn schon.«

»Für Reue ist es zu spät.«

»Ich habe nichts zu bereuen.«

Ich senke den Kopf und sage leise: »Falls du an etwas Bestimmtes denkst – ich habe mir meine Unschuld bewahrt.«

Er steht auf. »Ich gehe zu ihr und erkläre ihr alles.«

»Tu es nicht!«

»Mein Entschluss steht fest.«

Muchtaschimi Zajid

Ohne Alwan ist meine Einsamkeit grenzenlos. Meine Trauer und die seiner Eltern ist maßlos, dabei haben alle anderen Menschen doch gerade neue Hoffnung geschöpft. Was für einen Mut hat Randa bewiesen, als sie beim Prozess mit so viel Anstand und Würde Alwan verteidigt und um Verständnis für seine Tat geworben hat. Zum Glück ging das Gericht von einer Tat im Affekt mit tödlichem Ausgang aus. Die Jahre werden vergehen, und wenn er aus dem Gefängnis entlassen wird, hat er ein Handwerk gelernt und kann das Leben meistern. Es wird mir nicht vergönnt sein, ihn noch einmal zu sehen. Aber er kann dann heiraten und mit seiner Liebsten in mein Zimmer ziehen. Habe ich vielleicht zu lange gelebt und deshalb Alwans Glück verhindert?

Nun denn, die Zeit ist gekommen, mich im Reich des Allmächtigen der Schar anzuschließen, die mit der Lobpreisung Gottes auf das ewige Leben hofft.

Anmerkungen

Azhar-Universität – zweitälteste Universität der Welt, 970 als Moschee erbaut, 982 als Universität und Schule eingerichtet. Zentrum konservativer islamischer Selbstbesinnung, maßgeblich für die Bestimmung philosophischer Grundlagen im Islam, die Glauben und Politik umfassen.

Camp David – Ferienanlage des Präsidenten der USA. Am 17. September 1978 wurde dort der Friedensvertrag zwischen Ägypten und Israel durch den israelischen Ministerpräsidenten Menachem Begin und den ägyptischen Präsidenten Anwar as-Sadat unterzeichnet.

Chamasin-Wind – heißer Wind aus der Wüste

Dirham (Pl.: Darahim) – Silbermünze.

»Freie Offiziere« – eine von Gamal Abdel Nasser aufgebaute Gruppe von Offizieren, die in der Nacht zum 23. Juli 1952 mit einem unblutigen Staatsstreich König Faruk zur Abdankung zwangen.

Fünfter Juni 1967 – Datum des militärischen Überfalls Israels auf Ägypten, Jordanien, Syrien. Dieser Krieg ist in die Geschichte als »Sechstagekrieg« eingegangen, da er für die arabischen Länder bereits am 10. Juni mit einer vernichtenden Niederlage endete. Abgesehen von territorialen und ökonomischen Verlusten, war die arabische Welt von einem traumatischen Schock und einem stark beeinträchtigten Selbstwertgefühl gezeichnet.

Gamal Abdel Nasser – 1918 bis 1970. Ägyptischer Staatspräsident, der sich mit einer Vielzahl von politischen, militärischen und ökonomischen Maßnahmen (u. a. Verstaatlichung des Suez-Kanals, militärische Erfolge in der Auseinandersetzung mit Israel, Industrialisierung, Bodenreform, Bau des Assuan-Staudamms) innerhalb und außerhalb der arabischen Welt hohes Ansehen erwarb. Zu Beginn der 60er-Jahre wurde unter seiner Führung ein Programm aufgestellt, das Ägypten auf den Weg der »sozialistischen Orientierung« führen sollte.

Khedive Ismail – so genannter Vizekönig, regierte Ägypten von 1863 bis 1879; mit seinem Namen sind Bau und Eröffnung des Suez-Kanals verbunden, aber auch Staatsbankrott und Finanzkontrolle durch England und Frankreich.

Kibla – Gebetsrichtung der Muslime, die nach Mekka weist.

König Fuad – ägyptischer Sultan von 1917 bis 1923, ägyptischer König von 1923 bis 1936.

Mohammed Farid – gest. 1919, ägyptischer Politiker, führendes Mitglied der Nationalbewegung.

Muhallabija – cremiger süßer Milchreis.

Muluchija – dickflüssige Suppe aus Gemüsejute mit Reis, Huhn oder Hammelfleisch.

Mustafa Kamil – 1874 bis 1908, ägyptischer Politiker, führendes Mitglied der Nationalbewegung.

Mustafa an-Nahhas – 1876 bis 1965, ägyptischer Politiker, Repräsentant bürgerlich-liberaler Positionen.

Saad Zaghlul – 1860 bis 1927, zentrale Persönlichkeit der ägyptischen Nationalbewegung seit 1918, Begründer der Wafd-Partei.

Sufismus – islamische Mystik, in der u. a. nicht der Gehorsam gegenüber Gott, sondern die Liebe zu Gott und das Vertrauen auf Gott eine wichtige Rolle spielen.

Tamija – Bohnenpastetchen mit Zwiebeln, Knoblauch und Petersilie

»*Wende*« – gemeint ist die »Öffnungspolitik« (arab. Infitah), die der ägyptische Präsident Anwar as-Sadat (geb. 1918, am 6. Oktober 1981 bei einem Attentat getötet) seit Anfang der 70er-Jahre anstrebte. Das brachte den Abbruch der Nasserschen »sozialistischen Orientierung« und die Ausrichtung auf den Kapitalismus, woraus sich für den überwiegenden Teil der Bevölkerung zwangsläufig Folgen wie sozialer Abstieg, Arbeitslosigkeit, Verelendung ergaben.

Nagib Machfus: Leben und Werk

Nagib Machfus wurde am 11. Dezember 1911 in einem alten Stadtteil von Kairo als Sohn eines kleinen Regierungsbeamten geboren. Nach einem Philosophiestudium arbeitet er als Beamter im Bildungsministerium.

Auf erste Kurzgeschichten folgen zwischen 1939 und 1944 drei Romane über die Pharaonenzeit, Ausdruck einer Strömung, die eine ägyptische Identität durch Rückbesinnung auf das alte Ägypten suchte. Die Auswirkungen des Zweiten Weltkriegs, der Zerfall des königlichen Systems, die sich zuspitzenden sozialen Gegensätze und die Hoffnung auf Befreiung vom britischen Kolonialsystem bilden den Hintergrund zu realistischen Romanen.

Mit der Kairo-Trilogie, die das Schicksal einer Kaufmannsfamilie über drei Generationen verfolgt, wird er 1956/57 auf einen Schlag zu einem der führenden Schriftsteller der arabischen Welt. Das neue Regime unter Nasser, dem er zunächst abwartend gegenüberstand, zeichnet ihn mit dem Staatspreis für Literatur aus.

1959 wird in der ägyptischen Staatszeitung »Al Ahram« der Roman *Die Kinder unseres Viertels* abgedruckt, und die Entrüstung der konservativen islamischen Kreise über diesen Roman schlägt bis heute hohe Wellen.

1988 wird ihm der Nobelpreis für Literatur verliehen. In seinem umfangreichen Werk setzt sich Machfus, oft skeptisch und verschlüsselt, auch von Formelementen des Absurden und Irrationalen durchdrungen, mit den Veränderungen der ägyptischen Gesellschaft auseinander, mit Opportunismus, Karrierismus und dem Gefühl der Machtlosigkeit des Individuums.

Die Übersetzerin

Doris Kilias, geboren 1942, studierte Arabistik und Romanistik in Berlin. Nach einem Aufenthalt in Kairo folgte 1974 die Promotion über ägyptische Kurzprosa und 1984 die Habilitation über algerische arabofone Literatur. Heute arbeitet Doris Kilias als freie Übersetzerin und lebt in Berlin.

Nagib Machfus im Unionsverlag

Anfang und Ende
Eines Morgens werden die beiden Söhne aus der Schule gerufen: Der Vater ist tot. Wie soll die Mutter ihre vier Kinder in Ehren hochbringen? Mit Energie und Entschiedenheit nimmt sie die Zügel in die Hand. Doch jedes geht seinen eigenen Weg. Einer der großen realistischen Romane von Nagib Machfus, entstanden zwischen der »Midaq-Gasse« und der »Kairo-Trilogie«.

Echnaton
Nagib Machfus im Alten Ägypten: Annäherung an den revolutionären Pharao, der das menschliche Gewissen entdeckte und ein Reich von Harmonie und Frieden schaffen wollte. Der junge Historiker Merimun geht auf die Suche nach der verschütteten Wahrheit. Er befragt Zeitzeugen und dringt bis zu Nofretete vor, die in einem zerfallenden Palast der großen Epoche und ihrer großen Liebe nachtrauert.

Echo meines Lebens
Das Echo dieses Lebens zeigt einmal mehr, dass Machfus nicht nur ein grandioser Geschichtenerzähler ist, sondern ein heiterer Philosoph, der mit einem lachenden, aber auch scharfen Auge von den Verwirrungen im Leben schreibt, vom Alter, Tod und der Vergänglichkeit des Glücks.

Ehrenwerter Herr
Ein Mann strebt nach oben: Osman will Ministerialdirektor werden. Aber wenn einer Sohn eines Kutschers ist, dann muss er ganz unten, im Archivkeller des Ministeriums, beginnen.
»Sprudelt vor Humor.« *Die Welt*

Die Kinder unseres Viertels
Das wohl umstrittenste Werk des Nobelpreisträgers; ein handlungsstarker, beziehungsreicher Roman in Anlehnung an die Menschheitsgeschichte.

Nagib Machfus im Unionsverlag

Zwischen den Palästen – Kairo-Trilogie I
Über drei Generationen wird das Leben einer Kairoer Kaufmannsfamilie verfolgt und zu einem opulenten Gemälde ägyptischen Lebens verdichtet

Palast der Sehnsucht – Kairo-Trilogie II
Kamal bekommt die Härten und Hürden des Erwachsenwerdens deutlich zu spüren, während sein Bruder Jasin und der Vater um die Liebe derselben jungen Lautenspielerin buhlen. Aber Zanuba, diese betörende, fordernde Frau, lässt nicht mit sich spielen. Sie will geheiratet und geachtet werden

Zuckergässchen – Kairo-Trilogie III
Der zweite Weltkrieg erreicht Ägypten: Luftangriffe auf Kairo! Der Riss, der durchs Land geht, bricht auch in der Familie des gealterten Abd al-Gawwad auf.

Die Midaq-Gasse
Onkel Kamil, der Bonbonverkäufer, al-Hilu mit seinem Friseursalon, der alte Dichter, den keiner mehr hören will, seit es das Radio gibt, der düstere Zita, der aus Menschen Krüppel macht, damit sie besser betteln können. Eine Altstadtgasse von Kairo wird zum Mikrokosmos einer Welt im Umbruch.

Die Nacht der Tausend Nächte
Am Morgen der Tausendundersten Nacht übernimmt Nagib Machfus von Scheherazade den Faden und erzählt weiter: vom grüblerisch gewordenen Sultan, vom Widerwillen Scheherazades. Von Geistern und Dämonen, die mit den Menschen spielen und sie auf die Probe stellen.
»Phantasievolle Geschichten summieren sich zu einem Panoptikum der menschlichen Eitelkeiten und Leidenschaften.« *Deutsches Allgemeines Sonntagsblatt*